無能な皇子と呼ばれてますが中身は敵国の宰相です②

夜光

この作品はフィクションです。
実在の人物・団体・事件などにはいっさい関係ありません。

目次

無能な皇子と呼ばれてますが
中身は敵国の宰相です②

口絵・本文イラスト／サマミヤアカザ

◆1　国へ帰りたい皇子

毎晩眠りにつくたびに、朝起きたら元の身体《からだ》に戻れていますようにと願っているが、今のところその願いは叶《かな》っていない。

リドリー・ファビエルは昨夜眠りについた時と同じ天井を見上げ、軽いため息をこぼした。ベッドから起き上がり、ベッドサイドのテーブルに置かれた呼び鈴を鳴らす。すぐさま二人のメイドがノックの音と共に入ってきて、一人が小テーブルの上にたらいを置き、もう一人が置かれたたらいに水を注ぐ。リドリーがたらいの水で顔を洗っている間に、さらに後から入ってきたメイドが顔を拭く布を持ってくる。メイドは皆、黒地の長いロングスカートに白いエプロンをつけ、頭には白いブリムをつけている。

「おはようございます、ベルナール皇子《おうじ》」

メイドたちに頭を下げられ、リドリーは自分の名ではないのに「おはよう」と挨拶を返した。

毎朝、顔を洗うだけで三人のメイドがこの仕事をやるが、一人で十分だと思っているのは内緒だ。皇族というのは無駄に人員を使うことで意義を見出《みいだ》しているところがあるから、そういう難癖をつけてはいけない。そう――今の自分はサーレント帝国の第一皇子という身分だ。何の因果か、サーレント帝国唯一の直系男子であるベルナール皇子の身体に入れ替わり、大勢の人間に傅《かしず》かれる身分になってしまった。

今日は会議があるので、それなりにきちんとした服装でなければならない。メイドに着替えを手伝ってもらいながら、リドリーはメイドの中にスーの姿がないのに気づいた。いつもなら真っ先にくるはずのメイド長のスーが見当たらない。

「メイド長は？」

朝の支度をする年配のメイドに声をかけると、困ったように眉根を寄せる。

「メイド長はしょっちゅういなくなるんです。私どもと致しましても指示を出す者がいなくて困っているのですけど……」

ちらちらとリドリーを見て、年配のメイドが言う。

「恐れながら皇子、スーは経験不足でメイド長を務めるには不釣り合いかと……」

赤毛のメイドが横から口を挟んでくる。他のメイドを見渡すと、それぞれ何か言いたげに視線を泳がせる。

「全員、同じ気持ちなのか？」

リドリーは優しい声音でメイドたちに問うた。反論は出なかった。

「お前たちの意見は分かった。朝食は部屋でとるから運んできてくれ」

リドリーは軽く手を振って、メイドに指示を出した。

「おはようございます、皇子」

着替えを終えた頃、ノックの音と共にシュルツ・ホールトンが入ってきた。近衛《このえ》騎士の制服を着たシュルツは二十五歳の侯爵家の長男で、以前は騎士団長を務めていた。ブルネットの髪に凜々《りり》しい眉毛と通った鼻筋、思わず抱き着きたくなるようながっしりした上半身と長い脚、見た目は満点のいい男で、剣の腕はサーレント帝国一とも言われ、槍《やり》に関しては槍大会で連続優勝して殿堂入りしている。

「おはよう」

リドリーはメイドが出ていくのを横目に、シュルツに微笑《ほほえ》みかけた。するとシュルツがすっと近づいてきて、熱っぽい眼差《まなざ》しでリドリーを見つめる。メイドがいなくなったとたん、シュルツは引き寄せられたようにリドリーに顔を寄せ、ちゅっとキスをしてきた。

「おい」

呆《あき》れてシュルツの顔を押しのけると、ハッとしたように身を引く。

「す、すみません！　今日も何と綺麗《きれい》な顔だろうと思って……完全に無意識でキスをしておりました……っ」

シュルツは無意識でリドリーの唇を奪ったらしく、激しく動揺して距離を置く。以前、シュルツの自慰を手伝ってから、どうやらシュルツは頭のネジが一本抜けてしまったようで、二人きりになるとこうやってキスをしてくるようになった。まんざらでもないので強く拒否はしていないが、他の人に見られたら大問題だ。とはいえ、シュルツがおかしくなった原因は自分にある。

ここに至るまでの道のりを思い返し、リドリーは遠い目つきになった。

リドリーはアンティブル王国の若き宰相と呼ばれた男だ。人がいいだけで能のない伯爵の元に生まれ、のし上がるために自力でがんばってきた。

リドリーは小さい頃、神殿で加護をもらった。加護とは特殊な能力で、神から選ばれし者だけが与えられると言われている。リドリーは加護の力を使い、悪人だが能力の高い人間を支配下に置き、使いこなしてきた。火魔法の使い手でもあったし、剣や弓の腕も小さい頃から磨いてきた。王家に力を認められるようになり、師匠と呼ぶべきニックスとの出会いでリドリーは大きく力をつけた。二十歳になる頃には、その高い能力から宰相の地位に上り詰めたほどだ。

恐ろしい事件が起きたのは、ある雷雨の日だった。

その日、リドリーは馬を駆って、神殿に向かっていた。神官から宣託についての重要な話があると言われたせいだ。その途中で雷に打たれたのだろう。大きな衝撃の後に目覚めると、見知らぬ豪華な部屋にいた。

　信じられない話だが、リドリーは隣国サーレント帝国の、ベルナール皇子に入れ替わっていた。最初は悪夢だと思った。何しろベルナール皇子は百キロを超えるでぶで、わがまま、マザコンでひきこもりの最悪の皇子だったのだ。

　すぐに元の身体に戻ると期待したが、悪夢は一向に覚めなかった。仕方なく、リドリーはベルナール皇子の身体のまま、地位向上を目指した。強制ダイエットを施し、自分を馬鹿にする周囲の人間の考えを改めさせてきた。

　ベルナール皇子は帝国で唯一生まれた男子後継者であるにも拘《かか》わらず、立太子もされていなければ、皇帝に他人の前で馬鹿にされる愚鈍な息子だった。自分が中に入っている以上、そんな汚名は濯《すす》がなければならない。

　リドリーが最初に手を付けたのは、シュルツを護衛騎士にすることだった。シュルツはベルナール皇子の不興を買い、牢《ろう》に入れられ処刑を待つ身だった。こんなに有能な男を捨てるなんて、帝国の人間は見る目がないにもほどがあると思い、リドリーはシュルツを救い出し、自分の護衛騎士にした。と言っても、救い出し方は本人にとっては屈辱的なものだ。

　リドリーは加護『七人の奴隷』を使い、シュルツを自分に従属させた。加護『七人の奴隷』とは、文字通り七人まで誰でも従属させられるものだ。術によって、シュルツはリドリーの命令に逆らえない身体になった。この加護には副作用があって、従属させられた者は男女問わずリドリーに執着するようになる。これまで悪人ばかりだったので、その執着具合は非常に気持ち悪く、大勢の前でも平気で足を舐《な》めてくるような行為に及ぶ。けれど何故《なぜ》かシュルツはずっとまともで、もしかしたら善人には副作用が起きないのかと勘違いしたくらいだ。

シュルツにもしっかり副作用が起きていた。

リドリーに対してひそかに深い愛情を抱え、他のものには見向きもしないで常にリドリーの傍《そば》に寄り添っている。日数を重ねるごとにシュルツの愛が重くなっていくのが分かり、最近では大丈夫だろうかと心配すらしている。

護衛騎士を手に入れたリドリーは、次にドーワン港へ行き、脱税しまくりの伯爵を吊《つる》し上げ、周囲の人々の目を見直させた。さらに次には、辺境伯の領地に行き、その力を認めさせた。自分を疑惑の眼差しで監視していた騎士団長アルタイル公爵の信頼も勝ち取り、確かな地位を確保した。そのおかげか国政会議に参加できるようになり、最初の会議で、リドリーはアンティブル王国との国交回復を議題に上げることができた。国交回復にやる気のない皇帝をそそのかし、皇女とアンティブル王国の王子の婚姻という大事業をぶち上げたのだ。

リドリーにとって心の支えになったのは、師事していたニックスが帝国に忍び込み、いつの間にかリッチモンド伯爵の養子になっていたことだ。ニックスがいればたいていのことは何とかなるという安心感がある。シュルツには特別な人ではないかと嫉妬されたが、リドリーにとってニックスは親代わりといっていいほどの信頼がある人物だ。

（あーここまで長かった）

しみじみと自分のがんばってきた道のりを思い返し、リドリーは朝の紅茶を口にした。今朝は久しぶりに部屋で食べようと、食事を運ばせた。いつもは食堂で朝食をとるのだが、先日の国政会議で、皇女と隣国の王子の婚姻という、皇女たちには寝耳に水の話を提案したので、皇女たちから猛反発が起きたのだ。そう、昨日の朝食時は本当に恐ろしかった。話を聞きつけた皇女たちは、食堂に現れたリドリーに鼻息荒く迫ったのだ。

「私は絶対に婚姻などしませんからね。アンティブル王国に嫁ぐなど、ご冗談でしょう？」

第一皇女のアドリアーヌは、話を聞くなり苛立《いらだ》ちを滲《にじ》ませて言った。皇帝に性格がそっくりと言われるアドリアーヌは、帝国より小さい国に嫁ぐなどもってのほかと考えている。

「お義兄《にい》様、私を推薦などなさいませんよね？　私、嫌です。私、魚が嫌いなんです、生臭いし……アンティブル王国の王族など、皆魚臭いに決まってますわ！」

続いて訴えてきたのが、第二側室の次女、ベロニカだ。ベロニカは十六歳で、自分が結婚適齢期だと自覚しているので候補に挙がるかもしれないと怯えている。

「仮にも王族が魚臭いわけないだろう？　ベロニカ、口に気をつけなさい。相手国の王子にそんな発言したら、国政問題に発展するぞ」

リドリーは内心顔を引き攣《つ》らせつつ、ベロニカを窘《たしな》めた。

「わ、私は入ってませんよね？　私まだ十五歳だし……っ、婚約者もいますっ。見知らぬ国に行くのは絶対に嫌！」

第三側室の長女バーバラは不安そうに母親に抱き着いている。

「本当にお義兄様は有能ですこと。私たちを戦争が起きそうな国に人質として差し向けようなどと。とても兄のすることとは思えませんわ」

小馬鹿にした口調で、第二側室の長女であるスザンヌが皆の気持ちを代弁してきた。

側室と皇女に囲まれ、リドリーは無表情という仮面を被《かぶ》った。皇女たちはぎゃあぎゃあとリドリーに向かって文句を言い始める。さすがに側室たちは娘が国同士の婚姻で使われるのは理解しているので表立って反対しなかったが、顔にはあからさまに隣国では権威が振るえないと描いてある。

「可哀想《かわいそう》なお姉さまたち、でも帝国のために嫁ぐんですもの。栄誉なことではありませんか」

第三側室の次女のアンリエッタはまだ十歳なので、他人事《ひとごと》として面白がっている。第四側室の娘たちも似たような年齢なので、「そうですわ」と揶揄《やゆ》している。かくして食堂は朝から皇女たちの口げんかに発展して、ひどい有様になった。

「皇后様のおなりです」

口げんかが収まったのは、食堂に皇后が現れたからだ。ベルナールの母親である皇后は、しずしずと控えの間に入ってきて、リドリーに近づいた。側室たちは皆、皇后にお辞儀する。

「おはようございます、母上」

リドリーは静けさが戻った室内に安堵《あんど》して、皇后の元へ行った。

「おはよう。聞きましたよ、ベルナール。昨日は国政会議で立派だったと」

皇后は嬉《うれ》しそうに微笑み、リドリーをぎゅっと抱きしめた。長年でぶでひきこもりだった皇子を見捨てなかった愛にあふれる女性だ。息子の活躍が嬉しいようで、抱擁してくる。

（皇女の前で子ども扱い……。ベルナールが駄目になった原因の一部は母親だな）

抱きしめてくる皇后を振り払う真似《まね》もできなくて、リドリーは貼りつけた笑みを浮かべた。皇后は息子を溺愛して駄目にするパターンだ。言葉の暴力で駄目にしてくる皇帝と、ある意味バランスが取れているのかもしれない。

「母上、久しぶりに国政会議に出た身です。これから回を重ねて実力をつけていきたいと思っております」

リドリーはやんわりと皇后から離れ、食堂へエスコートするために腕を差し出した。背後では皇女たちが恐ろしい目つきで睨《にら》みつけてくる。皇后は息子の活躍しか目に入っておらず、皇女たちには目もくれない。

「お前たちも、ベルナール皇子のために尽くしなさい」

ふと何かに気づいたように、皇后が皇女と側室を振り返り、威厳のある顔つきで命じてきた。隣にいたリドリーも少しぞくりとするくらいで、それまで忌々しげに不快感を表してきた皇女たちも急いで頭を下げる。

（息子馬鹿だが、帝国の皇后を務めるだけあるってことか……）

息子を守るために、けん制してくれた。もしかしたら皇后は皇女たちの憤りについて気づいていたのかもしれない。

その日は皇后のおかげで、それ以上の文句はリドリーの元へ届けられなかった。

だが翌日から、別の意味で困った事態が起きた。婚姻相手に選ばれそうな皇女たちが、自分が選ばれないように贈り物をしてきたり、嫌がらせをしてきたりするようになったのだ。

そんなわけで食堂で朝食をとるのが面倒になり、リドリーは今日から部屋で食事をすることにした。

「お、皇子。遅くなりまして申し訳ありません」

朝食を終えて食後の紅茶を嗜《たしな》んでいると、ほつれた髪とあちこち泥のついたメイド服でスーが現れた。そばかす顔のあどけないまだ十七歳の娘だ。息を切らして現れたスーを、他のメイドがひそかに嘲るように笑っているのが見えた。

「スー。たまには一緒にお茶をどうだ？」

他のメイドが食器を片付ける中、リドリーはスーに座るよう声をかけた。シュルツは壁際に立ってこちらを見ている。スーはリドリーが見知らぬ身体に入れ替わって右も左も分からない頃から助けてくれたメイドで、今ではメイド長として召し抱えている。

辺境伯の領地から帰った後、リドリーにはメイドと侍女、護衛騎士が増えた。本当は侍従もつけろと言われたのだが、護衛騎士がいればいいだろうと思い侍従はつけていない。侍女とメイドの違いは出自が貴族か平民かという違いだ。侍女には貴族の娘しかなれない決まりがある。当然仕事内容も下っ端がやるようなものではなく、公式な場でのお茶の給仕とか、つき添い、話し相手といったものだ。ベルナール皇子にはずっとメイドしかいなかった。その昔、癇癪《かんしゃく》を起こして侍女とメイドを全員クビにしたのだそうだ。その後も雇われたメイドを何人も解雇したが、スーはかろうじて長続きした娘だった。気はきくし、淹《い》れるお茶は美味《おい》しいし、何よりも無駄口を叩《たた》かないのが素晴らしい。

「え、わ、私ですか？」

リドリーがお茶に誘うと、スーは戸惑ったように腰を引いた。自分のメイド服が汚れているのが気になるらしく、なかなか入り口から動かない。朝食をとっていたテーブルはすっかり綺麗になり、リドリーが飲んでいる茶器とティーポットだけになっている。

「一人でお茶も寂しいからね。他のメイドは下がっていい」

部屋の隅で控えていたメイドに指示すると、一礼して皆去っていく。去り際にスーを悔しそうに見ていたメイドがいた。部屋にスーだけになると、スーはおずおずともう一組のカップにお茶を注いだ。

「座って」

リドリーが促すと、スーが向かいに座る。

「スー。俺はお前をメイド長にした」

スーがうつむいたままなので、リドリーは話を切り出すことにした。ハッとしたようにスーが顔を上げる。追加で補充したメイドの中で、スーは一番若い。ベテランのメイドもいるようで、彼女らを束ねるのがかなり困難というのはリドリーにも見て取れた。朝一で来るはずのスーが来られなかったのは、メイド服が汚れていることと関係があるのだろう。

「長、と名がつく以上、メイドのボスはお前なんだ。俺の言っている意味が分かるか？　何故、下の奴《やつ》らに舐められている」

リドリーがじっとスーを見据えて言うと、スーの目が揺れた。と思ったとたん、スーは大粒の涙を流して両手で顔を覆った。

「うう……っ、うわーん！　ベルナール皇子ぃ！　私にメイド長なんて無理ですぅ！」

泣きながら訴えてきたスーに、リドリーはやれやれと首を振った。

メイド長にしてから、いや、追加でメイドが補充されてからというもの、スーは日に日に暗くなっていった。本来なら仕事の負担が軽くなるはずのところを、逆に毎日つらそうにしている。ストレスを抱えているのは一目瞭然だったが、きっと自分で何とかしてくれるだろうと見守ることにしていた。だが、一向に改善されない。

「無理なことあるか。メイドの仕事はお前が一番有能だ。俺が言うから間違いない」

泣いているスーにハンカチを差し出し、リドリーは眉根を寄せた。シュルツは無言だったが、同情気味な視線をスーに送っている。

「だって……えぐっ、でも……っ、皇子、わ、私はまだ半人前で……っ」

しゃくりあげながらスーがもらったハンカチで顔を覆う。

「まぁ大体予想はつく。自分より若い女がメイド長で、追加で補充されたメイドたちが腹を立てて馬鹿にしてくるんだろ？　嫌がらせもされてるな？」

リドリーは泣いているスーに尋ねた。スーは黙っているが、違うと言わない辺り、いじめも受けているのだろう。

「お前な、俺のわがまま放題の面倒を見てきたんだろ？　それに比べたら、メイドなんて大した相手じゃないだろ？」

リドリーが呆れて言うと、スーがキッと眦《まなじり》を上げてきた。

「皇子のわがままは耐えられても、同業者の、いえ女からの嫌がらせは応えるんです！」

目を腫らして訴えられ、そんなものかとリドリーは頭を掻《か》いた。ベルナール皇子の癇癪は命に関わると思うが、それよりもメイドたちから孤立するほうがつらいという。まったく理解できない。

「分かった、じゃあ、あいつら全員辞めさせよう」

リドリーはあっさりと告げた。

「え……？」

ぽかんとした顔でスーが固まる。

「そして代わりにお前より年下のメイドを雇い入れよう。それでいいか？　俺はお前にこのままメイド長をしてもらいたい。そのために現場を改善しよう」

リドリーの発言にスーはやっと頭が回ったようで、混乱して腰を浮かせた。

「で、でもそんな……っ！　皆さん、私よりよっぽどベテランのメイドたちで……っ、そ、そんなことしたら……っ、わ、私なんかのために……っ」

スーは突然の内容についていけないようだ。

「スー。俺はお前を信頼している」

リドリーはパニックになっているスーに言い聞かせるように落ち着いた声音で言った。

「お前がいれば他の者はいらないんだ。分かったか？　大体、使用人をクビにするなんて、俺は日常茶飯事だっただろ？　そこまで驚くほどか？」

リドリーの言葉にスーが何度も口をぱくぱくさせる。

「――ただし、このカードを切るのは今回だけだ。次に雇い入れたメイドは必ず御するようにしておけ。次のメイドも似たような状態になったら、俺はお前への信頼をなくす」

少し強い口調でリドリーが言いきると、スーは脱力したように椅子に座り直した。スーを信頼しているが何度も同じ問題を起こす人間はいらない。残酷なようだが、その辺の線引きはきちんとしておきたかった。スーが思い上がるのを阻止するためだ。

「……分かりました、皇子。私、次は必ず期待に応えます」

涙でぐしょぐしょのハンカチを握りしめ、スーは目に力を取り戻した。きっと大丈夫だろうと、リドリーは頷《うなず》いた。

スーが頭を下げて部屋を出て行くと、リドリーは紅茶を飲み干して立ち上がった。

「さすがです皇子、スーの件は気づいておられたのですね」

部屋を出ようとするリドリーにシュルツが感心したように言う。二十歳という年齢で宰相を務めていたリドリーには、若くしてメイド長になったスーの気持ちが分かる。リドリーはともかく舐められないようにと去勢を張って仕事をこなしてきたが、スーは去勢を張れずに挫折しかかった。

「メイドたちの態度を見ればすぐ分かるだろ。女は群れると怖いからな。スーが自力で解決するのを待っていたが、その前に辞めると言い出しそうだったから」

シュルツが開けてくれた扉を潜り、リドリーは扉の前で待機していた護衛騎士のエドワードと近衛騎士のイムダに目を向けた。

「皇子、おはようございます」

エドワードとイムダが一礼する。皇宮内では日替わりで三人が護衛につくことになっている。エドワードは美麗な顔つきにすらりとした肢体の青年で、アルタイル公爵家の次男だ。寡黙な性格で、剣の腕も立つ。イムダは額に傷のある弓の名手だ。貧乏男爵家の出自で、妹と弟を養っているせいか、落ち着いた雰囲気を持っている。

「おはよう、今日は会議があるが、その前に人事部へ行く」

リドリーは全員にそう告げ、廊下を歩きだした。

「人事部……ですか」

エドワードが軽く首をかしげて呟《つぶや》く。

リドリーは皇宮内にある人事部の部屋へ向かった。皇宮内にはさまざまな部署があるが、人事部は皇家に関する使用人全般に対する責任を負っている。雇用関係を総括しているのが人事部長のジム・ゼペット伯爵だ。皇宮で働く者には厳しい審査がある。経歴や雇い入れる際の紹介家門、出自など徹底的に調べて配置している。

「もしやスーがいじめられている件について、ですか？」

横に並んで歩きながらエドワードが声を潜めて問うた。

「お前が知っているということは、かなり頻繁ということだな」

リドリーは嘆かわしげに額に手を当てた。

「以前、見かねて注意したことがあるのですが、メイドたちは私たちには礼儀正しいので……」

エドワードは困ったように声を萎《しぼ》める。女同士の争いほど恐ろしいものはないと、師事していたニックスから聞いたことがある。女性は必ずと言っていいほど徒党を組むので、おいそれと手を出してはいけないらしい。

「スーが自力で解決するのを待っていたが、無理そうなので全員クビにする」

リドリーがそう言ってすたすたと歩くと、後ろにいたイムダが驚いたように身震いした。

「全員って、全員ですか？　何人もいますよ？」

イムダはクビにされるメイドの心配をしているのか、顔面蒼白《そうはく》だ。知り合いでもいるのかもしれない。

「あの……アネットは積極的にいじめには関わっていなかったので、寛大な処置を……」

イムダにすがるような目で言われたので、リドリーはじろりと睨み返した。

「黙認している以上、同罪だ」

そっけない声で告げると、イムダは黙り込んだ。少々哀れだったので、軽い吐息をこぼし、リドリーはうなじを掻いた。

「お前の女か？」

リドリーが軽い気持ちで問うと、イムダの顔が赤くなる。図星だったようだ。アネットというメイドは覚えがある。地味な顔立ちの三つ編みの女性だ。貴族とはいえイムダは貧乏男爵家なので、お相手は平民でもいいのだろう。家門を盛り立てる気持ちはないらしい。

変な空気のまま廊下を進み、目的の人事部がある部屋へ辿《たど》り着いた。

「ベルナール皇子！　いかがなさいましたか？　御用とあらば、お伺いしましたのに」

扉から出てきたのは、ゼペット伯爵だ。後頭部の薄いふくよかな中年男性で、着古した感のあるジャケットを着込んでいる。心労の多い職場なのでストレスも多いのか、リドリーの登場であからさまに怯《おび》えている。前任者が賄賂《わいろ》を受け取って不当な人事を行っていたので、後任は中立貴族として名高いゼペット伯爵が指名された。

「ゼペット伯爵、俺付きのメイドだが、スー以外は別のところに配置してほしい。代わりにスーより若いメイドを二人補充してくれ。三人いれば仕事は回るだろう。侍女もいるんだし、あんなに必要ない」

リドリーは部屋に入るなり、まくしたてるように伝えた。

人事部の部屋はふかふかの赤い絨毯《じゅうたん》に木製のデスク、応接セットが置かれている。前任者が部屋に金をかけたので、椅子もテーブルも高級品だ。ゼペット伯爵には三人の部下がいて、リドリーが部屋に入ると、即座に立ち上がって礼をした。

「は……？　え、それは……メイド長を除いて、という意味でしょうか？　何か皇子の気に障ることでも致しましたでしょうか？　問題が起きましたら解決に向けて尽力しますが」

ゼペットは額に汗を浮かべ、リドリーを窺《うかが》う。

「メイド長に逆らうメイドは必要ないだけだ。いつ補充できる？」

リドリーは勧められた椅子には座らず、部下がお茶の手配をしようとしたのも断った。ゼペットはひたすら困惑している。

「皇子、不敬とは存じますが、メイド長はベテランの者を起用したほうが……」

「ゼペット」

リドリーはゼペットを軽く見据えた。

「メイド長は絶対にスーだ。何故なら、俺は彼女を信頼している」

言い聞かせるようにリドリーが言うと、ゼペットが「は」と額の汗を拭う。

「メイドは一番俺を殺せる立場にいるんだ。そのメイドに信頼がないなら、傍におけないだろう。先に言っておくが、メイドが別に毒を入れたわけではない。人間性に信頼が持てないと言っている。要件は伝えたぞ、メイドの入れ替えだ。辞めたい者は辞めさせ、残りたい者には別の仕事を与えてくれ」

リドリーはそう言うなり、ドアのほうへ足を向けた。ゼペットは青ざめて「承りました、皇子」と承諾した。

人事部の部屋を出ると、リドリーは次に会議室へ赴いた。アンティブル王国との国交回復に向けた細かい話し合いが今日から始まる。まだ予定していた時刻ではないが、ひとあし先に向かった。

「あら、お義兄様。こんなところでお会いするなんて」

長い廊下を歩いていると、不運にもアドリアーヌ一行と出くわした。第一皇女のアドリアーヌは黒髪に皇族特有の薄紫色の瞳を持った気の強そうな美人だ。皇族に多く現れる薄紫色の瞳は、ベルナール皇子も持っているが、皇女全員が必ずしも持っているわけではない。第三側室の三女や第四側室の長女は青い瞳で、母親の瞳の色を受け継いだ。皇族特有の瞳の色を持たないといじめられるのが通例で、彼女たちはまだ幼いがいつもおどおどしている。

「今朝は朝食を食べに来られませんでしたのね？　お逃げになったの？　私たち、お義兄様に言いたいことがたくさんありましたのに」

アドリアーヌは黒い扇で口元を隠し、真っ赤なドレスを揺らしてリドリーに近づいてきた。アドリアーヌのお付きの侍女たちは全員アドリアーヌの下僕で、それぞれ高位貴族の令嬢ばかりなのだが、まともな令嬢は一人もいない。

「やぁ、アドリアーヌと愉快な仲間たち、いや失敬、ご令嬢たち、ご機嫌麗しゅう」

リドリーはにこやかにアドリアーヌと侍女たちに挨拶をした。背後でエドワードが思わず噴き出して、アドリアーヌと侍女たちが不満そうにこちらを睨んでくる。

「……お義兄さま、この後、国交回復の会議があるんでしょう？　ぜひ私も参加したいわ。勝手に婚姻を決められてはたまりませんからね」

アドリアーヌが見下すような目つきで言ってくる。

「残念だが、今日の会議は専門的な知識がないと参加できないのだよ。そうそう、ご令嬢たち、仮にアドリアーヌがアンティブル王国に嫁ぐことになったら、君たちはどうするのかな？　こんなに忠誠心があるのだし、きっとついていくんだろうねぇ。妹に尽くしてくれて本当に嬉しいよ」

リドリーは笑みを湛《たた》えたまま、アドリアーヌの侍女たちに話しかけた。とたんに侍女たちの顔色が変わり、明らかに不安そうな顔でお互いの表情を探り合い始めた。おそらくアドリアーヌに従っているのはあくまで帝国の第一皇女だからというだけで、アンティブル王国に嫁ぐならもう離れたいと思っているのだろう。そもそも皇族の侍女なんて、箔《はく》をつけるため以外考えられない。

「お前たち……っ、何故黙っているのっ？」

アドリアーヌは侍女の本音を垣間見《かいまみ》、わなわなと扇を震わせた。プライドが高く、侍女を手下のように使っていたアドリアーヌは、まさか令嬢たちが自分を見放すとは思ってもみなかったのだろう。上手《うま》い具合に内部に亀裂が入り、リドリーは高笑いしたい気分になった。

「では失礼するよ」

これ以上関わるとろくな目に遭わなそうなので、リドリーは軽く手を振りアドリアーヌたちの脇をすり抜けた。エドワードはアドリアーヌに言い寄られているのもあって、離れるとホッとして表情を弛《ゆる》めた。

今日の会議室はアマリリス宮の一階にある機能的な部屋だ。広い部屋には円卓が置かれ、奥には資料庫もある。今日来る予定の人数は合計十二人。貴族が六名、平民が六名という内訳だ。建設的な話し合いをしたいと思い、貴族からは宰相のビクトール・ノベルとアルタイル公爵、ヘンドリッジ辺境伯、そして以前アンティブル王国と取引をしていたリッチモンド伯爵やフォード伯爵、サイモン伯爵を呼び、平民からは商業ギルドのギルド長であるグレゴリ、市民議会の議長を務めるモリス・バードン、帝国の有名な商会の会長を四名招いた。

　会議室へ行くと、すでに平民である六名とリッチモンド伯爵やフォード伯爵は部屋で待機していた。予定の時刻より一時間も早い。彼らはリドリーが顔を出すといっせいに礼をした。

「堅苦しい挨拶は抜きだ。彼らに飲み物を」

　リドリーが会議室へ来たことで、アマリリス宮の使用人が慌ただしく集まってくる。メイドに飲み物を運ぶよう命じると、急いでセッティングが始まる。リッチモンド伯爵とフォード伯爵は商会の会長らとビジネスの話に耽《ふけ》っていたようだ。

「ベルナール皇子、改めてお礼を申し上げたいです。皇子が国政会議で議題に挙げていただいたおかげで、国交回復への道が開きました」

　モリスは興奮した様子でリドリーに話しかけてくる。ずっと停滞していた議題を、リドリーが一発で通したので、さすが皇子ですと感激している。

「まだ入り口に足を引っかけた程度だ。その礼は、隣国と取引が成立した時にとっておけ」

　リドリーが苦笑して言うと、ギルド長を務める裕福そうな身なりの中年男性が「いやいや、皇子の力は絶大です」と口を挟んできた。ギルド長のグレゴリはやり手の男で、そこら辺の爵位持ちよりよっぽど金を蓄えているともっぱらの噂《うわさ》だ。

「最近市井《しせい》では、ベルナール皇子の活躍が評判なのですよ。絵姿も飛ぶように売れ、我々としてはほくほくです」

グレゴリはごまをするようにおだててくる。

「そうか、それじゃ肖像権でも請求しようかな?」

半分本気で言うと、他の商会長らが焦って「ええっ」と身を乗り出してくる。

「冗談だよ、私の絵姿でよければいくらでも売ってくれ。ただしできるだけ美しく描いてくれよ?」

リドリーは彼らの腕を叩き、冗談めかして言った。とたんに平民たちはリドリーのジョークに乗り「そのまま描き写すだけで、美しいですよ!」と頰を紅潮させて言う。それでグッと彼らの雰囲気が柔らかくなり、室内の緊張感が緩和された。平民にとっては貴族と話すだけで緊張するものだ。ましてやこちらは帝国の皇子、過去には不敬を買ったら即処刑するという黒歴史まである。リドリーは軽口を叩いて、彼らの緊張をほぐした。この後の会議で気おくれして意見を述べないようでは呼んだ意味がないからだ。

彼らと話しているうちに宰相とアルタイル公爵、ヘンドリッジ辺境伯がそろって現れた。アルタイル公爵とヘンドリッジ辺境伯は会議に必要なかったのだが、同席したいと言われ、断る理由がなくて受け入れた。正直に言えば、アルタイル公爵とヘンドリッジ辺境伯はいるだけで人を威圧する存在だ。会議の空気が固くなるのでいてほしくなかったが、仕方ない。

「では、そろったようなので会議を始めよう」

全員が着席し、メイドの淹れたお茶も運ばれ、毒味を経たのちに、リドリーは口火を切った。

リドリーは改めて会議での内容を伝え、皇帝から国交回復への指揮全般を任されたことを伝えた。会議内容を詳しく知らなかった者たちは、希望に満ちた目でリドリーを見つめる。皇帝をその気にさせるためにした、皇女を間諜《かんちょう》にしてはどうかという話は、無論ここではしない。

リドリーとしては、国交回復を健全な目的で行いたいからだ。

「さて、まずは最初の一手だ。アンティブル王国に使節団を向け、王族と皇族の婚姻について提案しなければならないが、それを誰に行ってもらうか」

リドリーは全員を見回し、それぞれの考えを聞いた。

「まずは書簡でのやりとりでしょうな。鎮静化しているとはいえ、国境付近では小競り合いもまだ起きております。両国間でさらなる問題が起きないためにも、書簡である程度の探り合いをするべきでしょう。しかるのちに、色よい返事をもらえたら、十名程度の使節団を差し向けるべきかと」

宰相のビクトールが前例を元にある程度の方向性を示す。

「それがよろしいかと。使節団の安全も考慮しなければなりません」

リッチモンド伯爵も同意する。宰相の意見に他の者も賛成して、すぐさま書簡でのやりとりに着手することにした。

「問題は使節団の人選だ」

リドリーは顎に手を当て、目を細めた。

「アンティブル王国に敬意を払っていると示すためにも、ある程度の地位にいる者を送るのが望ましい。いっそ俺が行きたいくらいだが……」

リドリーがぽろりと本音を漏らすと、アルタイル公爵が恐ろしい眼力で威圧してきた。

「皇子、ご冗談もほどほどに」

いつ戦争になってもおかしくない敵国に皇子の身分では行くのは無理そうだ。

「使節団の者はそのまま人質にとられる可能性もないわけではありません。厳選なされたほうがよろしいかと」

宰相もリドリーをしかめっ面で見てくる。

「私はぜひ使節団の一人に加えていただきたいですね。以前取引のあった貴族も多いですし、万が一そのような事態になっても交渉できると思います」

リッチモンド伯爵が挙手して言う。

「そうだな、リッチモンド伯爵にはぜひ使節団の一人としてアンティブル王国へ赴いてほしい」

リドリーはリッチモンド伯爵が自ら言い出してくれたことに安堵して頷いた。

「友好的な訪問だと分かってもらうためにも、アンティブル王国と関係した者がいいかと思います。私も平民の身なれど、ぜひ参加したいです」

　モリスはアンティブル王国出身の祖母がいるらしく、意欲的に立候補した。まだ交流があった頃に両国間で婚姻した者も多く、親戚にアンティブル王国の者がいる貴族が数人選ばれた。順調に名前が挙げられたが、肝心のリーダー的立場の者に難航した。

「誰を責任者にすべきか……」

　リドリーは挙げられた貴族の名前を見返し、唸《うな》り声を上げた。できれば先頭に立つ人間には侯爵以上の地位がいい。地位が高ければ高いほど、アンティブル王国への敬意となるからだ。とはいえ、そんな立場が上の者を、敵国へ向かわせるのは難しい。

「あの……」

　参加者で頭を抱えていた時、壁際に立っていたエドワードがふいに口を挟んできた。

「僭越《せんえつ》ながら、私が行くのはまずいでしょうか？　皇子の初めて指揮する事業です。成功させたい気持ちは私にもあります」

　エドワードがすっと前に出て、言い出す。

　エドワードは公爵家の子息だ。立場としては問題なく、その上何かあったとしても次男なので最悪の事態にはならない。確かに、これ以上ない人選だ。

「エドワード、いいのか？」

　リドリーが目を輝かせて聞くと、エドワードはにこりと微笑む。

「父上、構いませんでしょうか？　お話を聞く限り、私が適任かと思われますが」

エドワードが円卓に座っているアルタイル公爵に問いかける。

「うむ。よくぞ申し出た。皇子のためにも、お前に任せるのがいいと私も思う」

厳かな口調でアルタイル公爵が頷き、会議に参加した者たちの顔がパッと明るくなった。エドワードは自分に対して何か腹積もりでもあるのかと思っていたが、そうでもなかったらしい。エドワードを使者として向かわせることで一同同意がなされ、次々と具体的な話が飛び交った。

会議は三時間かかったが、有意義な時間を過ごせた。

「では、次の会議でまた会おう」

次の会議の日程を決め、リドリーは解散を告げた。これから書簡のやり取りや、使節団のメンバーに選ばれた貴族と平民に打診をする。順調だった。リドリーは各所へ指示を出し、充実した時間を過ごしたと会議室を出た。

「皇子、ダリア宮で令嬢たちがお待ちです」

会議室の外では、黒い地味なドレスを着た侍女のクリスティーヌが待ち構えていた。補充された侍女だが、皇子の婚姻相手にと若い令嬢ばかり推薦されていたので、四十歳以上の女性に限ると突っぱねた。クリスティーヌはゴードン男爵家の夫人で、厳しいが真面目な性格なので気に入っている。

「今日だったか？」

リドリーは先ほどまでの充実ぶりがしぼんでいく思いで、肩を落とした。

リドリーの評判が高まるにつれ、まだ婚約相手のいない令嬢を持つ家門からお茶会の誘いが頻繁に行われるようになった。最初は面倒くさいので全部断っていたが、クリスティーヌから「皇子、政治に関わるのなら、ご令嬢とのお茶会は必須です」と迫られた。

「ええ、皆さま、すでにお待ちです」

絶対に逃がさないというそぶりで言われ、リドリーは大きなため息をこぼした。女性のご機嫌を伺わねばならないのは、リドリーにとってかなり時間の無駄だ。結婚するわけでもない女性たちと何故お茶などしなければならないのか。そもそも太っていた頃は見向きもしなかった令嬢たちだ。今さらどの面下げてきたとテーブルをひっくり返してやりたい。

「仕方ない……、行くか……」

リドリーはあきらめてシュルツたちを率いてダリア宮へ重い足を運んだ。

ダリア宮は第二側室であるミレーヌ妃の宮だ。今回のお茶会も、ミレーヌ妃主導の下、開かれた。ミレーヌ妃には長女のスザンヌ、次女のベロニカ、三女のジェシーという娘がいる。ジェシーはまだ五歳なので、今回のお茶会には来ていないだろう。側室に招かれると何かしら理由がないと断りにくく、今回もリドリーは仕方なく応じた次第だ。とはいえ、行く以上、いろいろ探りたいこともある。

ダリア宮に入ると、季節は冬だというのに豪華な花が咲いていた。もしかしたらお茶会に合わせて魔法で花を開かせたのかもしれない。そう思うくらい、異常に華やかな雰囲気になっている。

「まぁ、ベルナール皇子。おいでをお待ちしておりましたわ」

リドリーたちがお茶会の会場に近づくと、第二側室のミレーヌ妃が気づいて席から立ち上がった。

お茶会はテラスのある広間で行われていて、長いテーブルには贅《ぜい》を尽くしたケーキや菓子、軽食が並べられていた。参加したご令嬢は十名ほどで、リドリーに気づくといっせいに立ち上がり、ドレスの裾を持ち上げ、優雅に礼をする。高そうなドレスをまとった若い女性たちは、リドリーに向けて満面の笑みを放ってきた。

「お義兄様、いらしていただけて大変嬉しいですわ」

ミレーヌ妃の横にいたスザンヌが貼りつけた笑みで言う。スザンヌはアンティブル王国へ自分が嫁がされるかもしれないので、鬼のように怒っている。だが、こうして令嬢の前では優しい妹を演じている。

「お義兄様、ありがとうございます」

ベロニカもスザンヌと同じように挨拶をしたが、こちらはまだ不安と怒りが解消できず、笑顔がぎこちない。

「やぁ、スザンヌ、ベロニカ。可愛《かわい》い妹たちのお茶会とあれば、足を運ばないわけにはいかないよ」

　思ってもいないことを平然と述べられるのはリドリーの利点だ。参加した他の令嬢たちは兄妹仲がいいのねと誤解したらしく、頬を紅潮させてこちらを見守っている。

「今日はシュルツ様やエドワード様、イムダ様もいらしてたのですね。よろしければ、一緒にお茶をどうですか？」

　スザンヌが儀礼上声をかける。イムダはともかく、シュルツとエドワードは高位貴族の人間なので気を遣ったのだろう。

「ありがたい申し出ですが、仕事中ですのでお気になさらないよう」

　シュルツが生真面目な口調で一礼し、茶会の席と少し離れた場所で周囲を監視する。エドワードとイムダもそれぞれリドリーを守る配置につき、お茶会が続行された。

　リドリーは異国の珍しい菓子を自慢するミレーヌ妃に合わせて、参加した令嬢たちと満遍なく会話を交わした。どの令嬢たちも期待に満ちた眼差しでリドリーを熱く見つめてくる。きっと両親から皇子の心を射止めて来いと言い含められてきたのだろう。

「そういえばアンティブル王国と国交を回復させるというお話を聞きました。何でも発案者は皇子であるとか？」

　話が進んだ頃、侯爵家の娘であるジュリエッタがリドリーに話を振ってきた。おそらく父親から話を聞いたのだろう。ジュリエッタはリドリーを持ち上げるためにその話題を提供したのだろうが、話を出してほしくなかったスザンヌとベロニカは固い顔つきになった。

「ええ、そうなのですよ。アンティブル王国には帝国にはないピンクダイヤモンドという美しい宝石があるでしょう？　そのように美しい宝石は、帝国の令嬢にこそ似合うのではないかと思いまして」

リドリーが令嬢たちに思わせぶりな視線を向けて言うと、きゃあと色めき立つ。ピンクダイヤモンドの話は貴族の令嬢なら必ず知っている。以前交流があった頃、高値で取引されていた宝石なのだ。

「素晴らしいですわ、皇子。停滞していた両国間を再び友好的な関係になさろうなんて。さすがです」

ジュリエッタは扇で口元を隠しつつ、リドリーへの美辞麗句を並べ立てた。第一皇女の取り巻きは頭の悪い令嬢が多いが、第二皇女の周囲の令嬢は賢い者が多い。政治的な話題もよく出るらしく、そういう意味では話しやすい。

「本当ですわ、皇子の評判は市井にも届いておりますのよ。我が帝国は安泰ですわね」

他の令嬢もジュリエッタに揃《そろ》えてリドリーを褒めそやす。

「こんなに素晴らしい手腕をお持ちなのに、どうして立太子なされないのでしょうね。私は絶対立太子なさるべきだと思いますわ」

熱い口調で語り始めたのは、伯爵家のドロシー令嬢だ。立太子について口にしたとたん、他の令嬢がハッとして口を閉ざしたにも拘わらず、ドロシーは皇子の素晴らしさを訴え、次の皇帝になるべきと言い募る。

ミレーヌ妃の横にいたスザンヌは、氷のような表情で口を閉ざしている。他の令嬢たちもスザンヌが次期皇帝の座を狙っていたのを知っているので、ドロシーの言い分をはらはらして聞いている。

「そうお思いになるでしょう？　ベロニカ様」

ドロシーはスザンヌの取り巻きではなくベロニカの取り巻きだったらしい。どうりでこのぴりついた空気に気づかないはずだ。

「そ、そうね……。ええ……まぁ……」

ベロニカはリドリーとスザンヌを交互に見て、汗を掻いている。

「皇位継承の話は簡単に口にしてはなりません」

威厳を持って話を止めたのは、側室のミレーヌ妃だった。さすがにスザンヌの母親だけあって、ミレーヌ妃は馬鹿ではない。誰が聞いているかも分からない場所で不用意な発言はしない。第二側室は家柄で選ばれたようだが、父親の伯爵は堅実な人間と聞いている。

「次期皇帝はベルナール皇子ですよ。立太子なされてなくとも、それは変わりありませんわ」

ミレーヌ妃は扇で口元を隠し、やんわりと告げた。

「あ……っ、も、申し訳ございません、ミレーヌ様、ベルナール皇子」

　ドロシーはやっと自分が失言しまくりだったことに気づき、真っ赤になって扇で顔を隠す。

「次の皇帝について軽々しく論じるのは危険ですが、誰が跡を継ごうが、この帝国は強い国として続いていくでしょう」

　フォローするようにリドリーが言い、ちょうどタイミングよく新しい飲み物が運ばれてきた。

　その後はリドリーが場を取り持ち、和やかな空気で歓談が続いた。一時間ほどお茶をした頃、あらかじめ言いつけておいたとおり、シュルツが「皇子、そろそろお時間です」と終了の合図を送ってくれた。

「この辺でお暇《いとま》しましょう。ご令嬢たちはどうぞ、ごゆっくり。では、ミレーヌ様、失礼させていただきます」

　リドリーは席を立ち、ミレーヌ妃やスザンヌ、ベロニカに挨拶してお茶会を後にした。令嬢たちは残念そうにしていたが、リドリーとしては一時間話しただけでかなり疲れた。

　皇子の私室に戻ると、リドリーは部屋にシュルツとエドワードを入れて、侍女のクリスティーヌにお茶を運ばせた。クリスティーヌは昼食をどうするか聞いてきたので、甘い菓子で腹がいっぱいになったリドリーは「いらない」と断っておいた。

「さて、エドワード。使節団を率いていくお前に頼みがある」

　クリスティーヌが三人分のお茶をテーブルに用意すると、リドリーは侍女を部屋から追い払い、改まった口調でエドワードに向き直った。

「はい」

エドワードはお茶に口をつけぬまま、身を乗り出す。

「アンティブル王国の王族について、どれだけ知っている？」

リドリーは顎に手を当て、エドワードに聞く。

「アンティブル王国の国王は珍しく側室を持っておりませんね。確か三男二女で第一王子がすでに王子妃を迎えているのは知っています」

エドワードは記憶を辿るように答えた。エドワードの言う通り、アンティブル王国の国王は側室を持たない。王妃が子だくさんだったので、臣下もそれを認めている。王族が増えすぎて跡継ぎ問題が起きるより、よほどいいとリドリーも考えている。国王が迎え入れたのは公爵家の長女で、二人は幼い頃からの仲だった。第一王子、第二王子と生まれ、第一王女、第三王子、第二王女が誕生した。

「婚姻相手は第三王子が望ましいと俺は思っている」

ずばりとリドリーが言うと、エドワードは少し驚いたように目を見開いた。シュルツも気になったそぶりでこちらを窺う。

「第二王子には何か問題でも？」

シュルツに聞かれ、リドリーは小さく頷いた。第二王子は身体が弱く、二十代半ばという年齢にも拘わらず妃《きさき》を迎えていない。政務を行うのも困難な状況で、気候の穏やかな公爵家の領地で静養している。

「第二王子は健康状態に問題があるとされている。今回王族同士で婚姻するなら、第三王子が適しているだろう。第三王子は十八歳で、武術の腕も立つし、頭の回転も速い……と、聞いている」

実際第三王子の人となりを知っているが、念のため人づてに聞いたという体で話した。第三王子とリドリーは仲がよかった。腹芸もできるし、他人に容赦のない男だが、本質は信頼できる人柄だ。問題は多少あるが、ここで言う必要はない。

「アンティブル王国の王家と謁見した際、第三王子との婚姻を望んでいると最初に話してほしい。そして第三王子に帝国に来ていただき、花嫁を選ぶという流れにしてくれ」

リドリーの発言にエドワードはかすかに顔を曇らせた。

「それは……アンティブル王国の第三王子に対して、帝国がおもねるような流れではありませんか？　相手に選ばせるなんて」

「無論、お前はただ第三王子との婚姻を望むとだけ言えばいい。あとは裏工作で、そうなるよう仕向ける。何しろ皇女は九人もいるんだ。向こうからすれば、選び放題のはずだ」

さらりとリドリーが言うと、エドワードは煙に巻かれたような顔つきになった。真意を探るような目をしたので、リドリーの考えをつまびらかにした。

「アンティブル王国の王族が帝国に来るという事実が欲しいのだ。両国間の友好関係を発展させるためには必要な流れだ。こちらから花嫁が行くだけでは、国民も訳が分からないだろう。国交回復のために、お互いの国の国民感情を盛り上げる必要がある。第三王子が来たら、帝国内でもお披露目活動をしてもらうし、それにまつわる催し物も開かせる。平民にも祝い事として施しをする予定だ」

　もっともらしい表情でリドリーが言うと、エドワードが「なるほど」と深く頷いた。

　——嘘《うそ》である。いかにもっぽい内容を口にしたが、リドリーの本音は別にある。第三王子と直接会話がしたい。そのためにそれらしい話をでっちあげただけだ。第三王子に会って、リドリーの事情を明かし、協定を結びたい。自分の今後のためにも。

「パフォーマンスが必要というわけですね。了解しました」

　エドワードは使命感に駆られてか、自分の胸を軽く叩き、頭を下げた。エドワードには必ず王族と皇族の婚姻を確約してもらわねばならない。皇帝の気が変わらぬうちに、両国間のお祝いムードを広めるのだ。リドリーはエドワードに細かく謁見の際の指示を下した。敵国の王族を招く以上、その命に関する責任について書面で契約させる。その上で婚姻に関する契約書も交わす。指揮を任された以上、リドリーは手厚い待遇を約束するつもりだ。

　エドワードとはさまざまな件を話し合い、リドリーも大丈夫だろうと確信した。残りの使節団の面子《メンツ》はまだ確定されていないが、エドワードの利発さなら上手くやってくれるはずだ。

「ときに皇子、お聞きしてもよろしいでしょうか？」

話が一段落した後、エドワードが気になったように口を開いた。

「何だ？」

「何故ミレーヌ妃のお茶会だけ、参加なされたので？」

エドワードに聞かれ、リドリーは黙って毒味のすんだお茶を口にした。側室からのお茶会の誘いは頻繁に来ていた。ほとんど断っていたが、ミレーヌ妃の誘いは理由があって応じた。

「第二側室の人柄が知りたくてな」

リドリーはどうしようか迷ったが、あえて本音を明かした。エドワードに関して、リドリーはまだ信頼というほどのものは持っていない。有能だし、剣の能力も高いと知っているが、寡黙なせいかいまいち何を考えているか分からないところがある。

「スザンヌが次期皇帝に意欲を示していたのは、お前たちも分かっていただろう？　そそのかす貴族もけっこういた」

リドリーが話し出すと、シュルツが顔を顰《しか》める。

「次期皇帝は皇子以外、考えられません。確かに以前のベルナール皇子は……その、少々問題がありましたが」

シュルツはスザンヌが次期皇帝になるのは嫌なのか、険しい顔立ちだ。ベルナール皇子によって投獄されたくせに、それでもまだベルナール皇子が次期皇帝だという固定観念がある。

「いや、俺は女帝でも構わないと思っている」

あっさりとリドリーが言うと、シュルツもエドワードも気色ばんで腰を浮かせた。

「そのような発言は……っ」

二人して強面《こわもて》で迫ってきたので、リドリーは逆に驚いて身を引いた。

「俺は実力主義だから、皇子が無能なら女帝が成り立ってもいいと思うぞ。まぁ、それを皇帝が認めるかどうかは別問題だが」

無能な皇子を皇帝にして側近が政治を牛耳るとなれば、国は悪いほうへ傾くだろう。権力を手にしたい愚か者は後を絶たない。そもそも皇家が絶大な権力を持つこの国で、皇家が馬鹿にされたらおしまいだ。

「次期皇帝は皇子以外、考えられません。女帝は……混乱を招くでしょう。スザンヌ様に言い寄る貴族が増えていたのを、父も憂えておりました」

エドワードが難しい表情で言う。貴族の中には次期皇帝になりそうな皇女に言い寄る者は多かった。何しろベルナール皇子がひきこもっていたので、近づこうにも近づけなかったのだ。貴族の中には複雑な派閥が出来上がってしまい、皇帝に何かあったら分裂するのではないかと噂されていたらしい。

「しかし今は皇子が力をつけてきました。貴族たちも皇子の元に集結するでしょう。父も私も皇子が起《た》ち上がるのを待っておりました」

エドワードは真剣な口調でリドリーに訴えかける。熱い眼差しは本音を語っているようで、少なくとも自分を陥れる気持ちはなさそうだ。

「だから使節団に立候補してくれたのか？」

リドリーは小首を傾《かし》げて尋ねた。使節団としてエドワードが行くことを表明してくれて、リドリーとしては助かったのだが。

「はい。皇子のために、私にもできることがあるのではないかと考えまして」

エドワードは背筋をすっと伸ばして胸に手を当てる。こうして眉目秀麗な男に熱く見つめられると、寡黙なエドワードの人気が高いのも理解できる。

「エドワードが立候補しなければ、私が行くと申したところでしょう」

侯爵家の長男であるシュルツも、深く頷いている。

「エドワードの真摯さはアンティブル王国にも通じるのではないかと思っております」

シュルツに太鼓判を押され、エドワードは満更でもないようだ。剣豪同士が頷き合い、リドリーも小さく笑った。

「第二側室の人柄を知りたかったのは、スザンヌを皇帝に押し上げようとしているのは誰かというのを確認したかった」

リドリーはエドワードの問いについてさらりと答えた。

「それは……、ミレーヌ妃は賢い方ですから、皇子の名が挙がるようになって、皇女様を諫《いさ》めるのでは？　次期皇帝はベルナール皇子だとはっきり申し上げていましたし」

エドワードは茶会での会話を思い出したのか、表情を和らげる。

「逆だ」

リドリーは茶器をテーブルに置いて、声を潜めた。

「は？」

シュルツとエドワードが困惑した声を上げる。

「俺は今日第二側室と会話して、確信した。スザンヌを皇帝にすべきと煽《あお》ったのはミレーヌ妃だろう。そして今も、その考えに変わりはない」

リドリーが断言すると、シュルツとエドワードの身体が強張った。二人とも、唇を引き結んでリドリーを凝視している。

「ミレーヌ妃は賢いから絶対に人前ではボロを出さない。だが、スザンヌが女帝を目指したのは母親の指導の賜物《たまもの》だと俺は思うね。お茶をしてそれが、分かった。これまでの俺は放置しても平気だったが、急に活躍しだして目障りなことこの上ないだろうな。賢い女性がどんな手で俺を排除してくるか、恐ろしいね。よりいっそう俺の護衛をがんばってくれよ？」

リドリーは軽い口調で二人に告げた。二人とも慄然《りつぜん》として、身を引き締めている。

アンティブル王国にも、言葉とは裏腹の行動をする貴族はたくさんいた。彼らには特有の空気がある。わかりやすいところで言えば、目が物語っている。目を見れば、本音が透けて見える。ミレーヌ妃と会話して彼女が権力に対して大きな野望を抱いているのが分かった。ミレーヌ妃はプライドが高く、野心を持っていると感じた。ドレスや宝石で満足できるタイプではなく、自身の地位が高くなるほど喜びを感じる厄介なタイプだ。

「政敵という立場で言えば、スザンヌがアンティブル王国に輿入《こしい》れしてくれるのが望ましいだろうな。スザンヌが嫁げば、ミレーヌ妃の野望は潰《つい》えるだろうから」

皇子としての見解を述べた後で、リドリーは内心ハッとした。ついあらゆる角度で考えてしまったが、元々自分はベルナール皇子ではない。ベルナール皇子の政敵など潰す必要はない。だが、こんなに長く他人の身体に入っている以上、このまま元に戻れない可能性も考えて行動しなければならないかもしれない。考えたくないが、ずっとベルナール皇子のままだとしたら……。

「これまではひきこもりぐうたら皇子だったが、今の自分は目障りな者もいるだろう。十分注意してほしい」

リドリーはそう締めくくってお茶を飲み干した。

「もちろんです。皇子の身は必ず守りますので」

シュルツとエドワードが決意を新たに断言する。その言葉が実現するようにとリドリーも願わずにはいられなかった。

◆2　使節団

　書簡でのやりとりが行われ、アンティブル王国への来訪が現実化した。とはいえ、実際に使節団を向かわせるまで二カ月ほどの時間がかかった。アンティブル王国からすると、何かの罠《わな》ではと警戒したのだろう。もどかしい思いを抱えたまま、季節は冬から春先に変わり、やっと使節団が出立《しゅったつ》する運びになった。

「では、行ってまいります。皇子、必ずいい知らせを持ってまいりますので」

　馬車と騎乗で出立する際、エドワードはリドリーに向かって自信に満ちた眼差しで豪語した。帝国とアンティブル王国の国境まで馬車で半月、そこからアンティブル王国の王城まで馬車で二十日はかかる。長い道のりなので食料や飲み物、さまざまな物資を馬車には積んでいる。無論、王家に行くのでそれなりの手土産品も必要だ。いろいろ心配もあるが、エドワードの見目麗しい笑顔を見ると、アンティブル王国の王女たちはメロメロになるだろうと予測がついた。王女たちは綺麗なものが好きなのだ。それに、使節団の中にニックスを混ぜるのも成功した。ニックスには謁見に先んじて第三王子とひそかな密約をかわしてもらう。

使節団を見送ると、リドリーはエドワードの代わりに自分の周囲に近衛騎士を増やすよう指示した。シュルツは自分さえいれば大丈夫と思っているようだが、一人に過酷な労働を課す悪い上司にはなりたくない。

「皇子、夜会の礼服の仕立てで、針子が来ております」

最近すっかり明るくなったスーが、にこにこして私室にやってきた。メイドの総入れ替えでかなり騒ぎになったようだが、新しいメイドたちと上手くやれたようで、スーはメイド長として自覚が出た。

「そうか、通してくれ」

リドリーは軽く頷いて針子たちを部屋に通した。夜会のたびに服を新調するのが無駄に思えて仕方ないのだが、皇族たるもの、パーティーで同じ服に袖を通してはならないという暗黙の了解があるらしい。敵国の金なので使いまくってやりたいところだが、無駄金に対するアレルギーがあって、心は浮かない。

「皇子、仕立ては順調に進んでおりますので、その次のパーティー用の礼服のデザインについてですが……」

針子の中でデザインを担当している中年女性が、クロッキー帳に描いた絵を見せてくる。帝国の最先端を走っているだけあって、洗練された服が描かれている。

「皇子の瞳の色に合わせたこちらのジャケットには、希少価値の高い糸で織り込まれた刺繍《ししゅう》を施し、ボタンは牡鹿《おじか》の角を削って作ったものをあしらい……」

ぺらぺらと服の詳細を語られ、リドリーは苦笑して「そのようにしてくれ」と丸投げした。

「ところで最近の市井では何が流行《はや》っているんだ?」

針子たちを部屋に通したのは、情報収集も兼ねている。リドリーが話を向けると、リドリーの採寸をしながら、若い針子たちが巷《ちまた》で流行しているものについて語ってくれた。

「アンティブル王国に使節団が向かうという話は市井でも噂になっております。攻め入るべきという過激な発言をする者もいますが、市民の多くは平和を望んでおります」

針子に聞かされ、リドリーはニヤリとした。すでに新聞社には情報をリークしており、国交回復するのではという気運を作っておいた。アンティブル王国から王族が来る際は、派手な祭りを開くつもりだ。

「あとは税金が上がらなくてよかったとか、そうそう、西地区で大規模な火災が起きまして、路頭に迷った者たちがならず者と化しているとか……」

憂えるように針子が言い、リドリーは火災について知らなかったので、くわしく話を聞いた。火災は放火らしく、西地区に勝手に寄りついたホームレスや身寄りのない子どもたちを目障りに思った土地の所有者である貴族の仕業ではないか、と平民たちの間でまことしやかに囁《ささや》かれているそうだ。

「ふぅん、なるほど……」

リドリーは目を光らせ、針子の噂話に耳を傾けた。

針子が帰ると、リドリーはシュルツと近衛騎士を呼びつけた。シャドールは見目のすっきりした男で、口が上手く、情報通だ。

「火災の起きた西地区に行くぞ。馬車を用意させろ」

リドリーが命じると、近衛騎士のシャドールが面食らって頭を掻く。

「えっ、でもこの後、魔塔に行く予定では？」

シャドールは先日送られた招待状を思い出したのか、戸惑っている。そうなのだ、先日、というかここ三カ月ほど魔塔から「ぜひいらして下さい」という招待状が何度も送られてきている。魔塔の主と呼ばれているレオナルドに会ってから、異様に興味を持たれて魔塔に来いとしつこい。先日はとうとう手紙だけではなく魔塔から魔法士がやってきて、行く日付けまで決められてしまった。

「魔塔に行くより、困っている平民を視察するほうが大事だろう」

リドリーはいい言い訳ができたと、胸を張った。

「視察の後に行くことにすれば、魔塔にいる時間を減らせるからな」

日の明るいうちから魔塔に行ったら、どれほど拘束されるか分かったものではない。魔法を使える者とはあまり関わりたくない。自分の正体がばれたら大変だ。

「さぁ、行くぞ」

　リドリーが嬉々《きき》として動き出すと、仕方なさそうに近衛騎士も手配を始める。シュルツは西地区の火災について聞き及んでいたらしく、馬車の中でくわしい話を聞かせてくれた。

「西地区一帯の土地を所有しているのは、バーモント伯爵です。西地区自体が地価の低い土地で、バーモント伯爵は以前からそこに住み着いた行き場のない人々を煙たがっていたようでした。バーモント伯爵は、何というか……典型的な嫌な感じの貴族です」

　シュルツの口ぶりでバーモント伯爵がどんな人物か分かった気がする。シュルツは正義感にあふれた男なので、権力をかさに着る貴族をひどく嫌っている。

「放火ということは、犯人は捕まったのか？」

　リドリーが向かいに座っているシャドールに聞くと、失笑が返ってくる。

「ろくに捜査なんてしてませんよ。西地区を放火したって、誰も文句を言いませんもの。肝心のバーモント伯爵はむしろ一掃されて喜んでいるみたいだし？」

　陽気なシャドールも、思うところがあるらしい。珍しく少し怒った様子だ。捜査もされていないということは、バーモント伯爵は管轄の警備隊を丸め込んでいるということだろうか？

（ボランティア関係で何かパフォーマンスをしようと思っていた矢先の話だ。これを上手く利用するか）

　リドリーが計算していると、シュルツが小さくため息をこぼす。

「皇子、悪い顔をしております」

常にリドリーの表情を観察しているシュルツが、小声で告げてくる。しまった、身内の前なので表情に出ていたらしい。

「心外だな、行き場のない者たちを憂えてただけなのに」

わざとらしい悲しげな態度をとると、シャドールもしらっと「あ、そういうのはいいんで」と手で制してくる。

西地区に皇家の馬車を走らせていると、どこからか黒地に青いラインの入った警備隊の制服を着た男性が駆け寄ってきた。御者が馬車を停めると、シュルツが馬車から降りて警備隊の前に出る。

「こ、これはホールトン卿、いかがなさいましたか？　このような場所に皇家の馬車で……」

警備隊の者たちはシュルツが現れて動揺している。治安の悪い西地区に高位貴族が来たので慌てているのだろう。

「こちらはベルナール皇子の馬車だ。何故、停めた？　ベルナール皇子が乗っておられるんだぞ」

シュルツは厳しい口調で警備隊の者たちを見据える。とたんに警備隊の者たちは真っ青になり、平身低頭で謝罪を始めた。

「も、申し訳ありません、しかしこのような治安の悪い場所に皇子がいらしては……、何か起きましたら責任を取れないかと……」

警備隊の者たちはおろおろしている。リドリーは少し間を置いて、シャドールと共に馬車をゆっくり降りた。皇子の登場で、警備隊の人間は泡を食っている。

「べ、ベルナール皇子……っ」

警備隊の人間が全員いっせいに膝をついて、頭を下げる。リドリーは警備隊の中で隊長の腕章をつけている男を見下ろした。

「この辺りで火災が起きたと聞いた。現場を見てみたくてな。案内してくれるか？」

リドリーが隊長に向かって言うと、困惑した様子でこちらを窺ってくる。

「は、はい、それはもちろんですが……、あの……」

隊長は帽子を脱ぎ、何か言いたげに言葉を濁す。だが、催促するようにリドリーが顎をしゃくると、敬礼して立ち上がった。

「こちらです！　ご案内します！」

大声を上げて、隊長が率先して歩き出す。リドリーの周囲を警備隊の人間が固め、シュルツとシャドールはリドリーの脇についた。馬車と並走してついてきた近衛騎士たちも、馬の手綱を引いて周囲を警戒する。

西地区には舗装されていない通りが多く、お世辞にも綺麗とは言えない古ぼけた店や、露天商が立ち並んでいる。教会や病院もあるが、昼間の西地区は全体的に活気がない。

（確か奴隷売買をしている店が多くあるのも西地区だったんだよな）

皇都について調べた際、いかがわしい店が集まっているのが西地区だった。娼館《しょうかん》や闇オークションを開く店、賭博場など、裏通りには皇子に見せるべきではない店がたくさんある。隊長もそれは心得ているのか、なるべく危険な店がないような通りを選んで火災現場にリドリーを案内した。

「ずいぶん焼けたようだな」

火災現場は数軒の店があった場所らしく、焼けただれた骨組みや煤《すす》だらけの残骸がそのままになっていた。まだ現場は火災特有の臭いが残っていて、みすぼらしい格好をした子どもたちが火事場から何か出てこないか漁《あさ》っている。

「お前ら、どけ！」

警備隊の人間が、その場にいた浮浪者や孤児らしき子たちを追い払う。子どもたちは怯えたように、あるいは恨みがましい目つきでこちらを睨んでいる。

「ああ、ベルナール皇子！　どうか、どうかお慈悲を！」

現場に立ったリドリーたちの前に、汚れたシスター服を着た年老いた女性が駆け寄ってきた。顔は煤だらけで、靴も真っ黒だ。修道女だろう。同じくらい煤で汚れた幼い子どもが不安そうにくっついている。

「汚らしい者が近づくんじゃない！　消えろ！」

警備隊の若い男が、修道女や子どもを警棒で叩きつけようとする。

「シュルツ――」

リドリーが名前を呼ぶよりも早く、シュルツは警備隊の男が振り上げた警棒をしっかり摑《つか》まえていた。風のような速さで修道女をかばったシュルツに、攻撃しようとした警備隊も、修道女もびっくりして固まる。

「貴様、弱き女性を攻撃するとは何事か」

シュルツが恐ろしい形相で警棒を振り上げた男の腕を捩《ね》じ上げる。

「うぎゃあああ！」

骨がきしむ音が聞こえ、警備隊の男は地面にひっくり返って悲鳴を上げる。手首が変な方向に曲がっているので、折れているかもしれない。

（シュルツ怒らせるの、やめとこ……）

ゾッとしてリドリーは冷や汗を拭った。

「大丈夫ですか？　お怪我《けが》は？」

リドリーはよそゆきの声と顔つきで倒れた修道女に手を差し出した。修道女はハッとしたように、地面に跪《ひざまず》いて頭を下げる。

「もったいのうございます……っ、ベルナール皇子、わ、私どもはここにあった孤児院のもので……」

修道女が声を震わせながら言い募る。

「焼けたのは孤児院なのか？」

リドリーは驚いて隊長を振り返った。隊長は焦ったそぶりで、「は、はい」と答える。

「焼けたのは孤児院と、薬師の店、それに花火師の店です。花火師の店には燃えやすいものが多くて、それで火災が広がったものと……」

「花火師？」

リドリーはぎろりと目を光らせ、冷たい声で隊長を見返した。あまりのことに強烈な憤りが湧き出て、周囲の人間が背筋を正す。

「孤児院の傍に花火師の店があったというのか？　馬鹿なのか？　何故そんな危険なものを孤児院の近くに造った？」

火薬を用いて夜空に爆弾を打ち上げて楽しむ花火というものがあるのは知っている。数年前から広がった娯楽で、魔法で火薬玉を打ち上げ、楽しむものだ。

「そ、それは私どもには……」

隊長は上手く答えられず他の隊員に助けを求める。すると修道女が申し訳なさそうに涙を流す。

「皇子、申し訳ありません。火薬玉を作っているのは私や孤児院の子どもたちなのです。そうやってお金を稼がないと、私どもの孤児院ではろくに食事も出せず……」

修道女の発言はリドリーにとって看過しがたいものだった。孤児に危険な火薬玉を作らせていたというのか。それほどひっ迫した状況だったのだろう。

「そうか、知らぬこととはいえ、そのように追い詰められていたとは……。孤児院が焼けて、お前たちは今、どうしているのだ？」

リドリーは怒りを抑えて、丁寧な口調で修道女に尋ねた。子どもたちは恐ろしげにリドリーをちらちら見上げている。

「今は娼館の片隅に子どもたちを置かせてもらっています。けれどそこでも長居はできないと言い渡されてまして……、皇子、どうか行き場のない私たちをお救い下さい」

修道女は咳《せ》き込みながら、リドリーにすがりつく。年老いた修道女にはなす術《すべ》がない状態なのだろう。帝国の闇の部分だ。帝国では孤児院に支給される金はない。慈悲深い貴族がたまにボランティアとして施しを与えるだけで、それも南地区や東地区の栄えた地区にある孤児院を優先している。

「ここはバーモント伯爵の土地なのか？」

リドリーは根本的な問題から洗い出そうと、隊長に尋ねた。

「はい、バーモント伯爵の土地です。元はモーリアス男爵家の土地でしたが、数年前に手放したそうです」

隊長に何げなく言われ、リドリーはシュルツやシャドールと顔を合わせた。モーリアス男爵家とは、近衛騎士のイムダの家門ではないか。

「モーリアス男爵はお優しい方で、孤児院を造って下さったのもモーリアス様です。ですが、奥様の病気にお金がかかり、ご自身も病に倒れ……あの頃は、孤児院も機能していたのですが」

修道女に涙ながらに教えられ、なるほどとリドリーは納得した。イムダは妹と弟を養っていると聞く。金銭問題を抱えているようだし、おそらく両親のことで借金でも背負ったのだろう。それで土地を手放したと推測する。

「それで、放火と聞くが、犯人の目星はついたのか？」

リドリーは警備隊の者に鋭い視線を向けた。全員目が泳いでいる。

「あ、あのう……バーモント伯爵が犯人を捜す必要はないと……、上司も同じようなことを言っていたので、我々は何も……」

言いづらそうに隊長が答える。リドリーは大きなため息をこぼした。

「早急に犯人を挙げろ。そして犯人隠匿に加担した上司と貴族の名前をリストアップして寄こせ」

警備隊の者全員に聞こえるように指示を出すと、「はい！」と真っ青になって敬礼する。リドリーはくるりと修道女に向き直った。

「どうか、安心して下さい。しばらくは不都合な暮らしを強いられるでしょうが、神は敬虔《けいけん》なあなたを見捨てたりしません」

リドリーは跪いたままの修道女の肩に優しく手を置いた。修道女ははらはらと涙をこぼして、リドリーを見つめる。

「近くに食堂はあるか？」

リドリーはシャドールに話を振った。シャドールはすぐに近くの店を挙げていく。どうやらシャドールはこの辺りの地理に詳しいようだ。

「お前は店に行って、火災で行き場を失った者たちに炊き出しを行うよう頼んでくれ。無論、金は俺が出す。孤児たちを受け入れた娼館にも金子を渡し、しばらくの間置いてもらえるよう言ってくれ」

リドリーが近衛騎士を集めて指示を出し始めると、中には困惑した様子で「いいのですか、皇子」と異議を唱える者が出た。

「西地区の者に施しを与えても、犯罪者を生み出すだけと言われておりますが……」

近衛騎士は貴族出身の者がほとんどで、平民の、しかも親も持たない孤児を救っても意味はないと考える者は多かった。

「富める者には病める者を救う義務がある。俺の金を出すから問題はない」

リドリーがきらきらした微笑みで言い切ると、近衛騎士も呑《の》まれたように指示に従い始めた。横にいたシュルツだけは、他人の金を使っていることを知っている。

バーモント伯爵は貴族以外は人間ではないと考えている愚かな男のようだ。こういう男は下の者は自分の命令を聞くに違いないと思い込んでいる。警備隊に口封じを行っている様子もないし、このずさんな計画の後始末もつけていない。放火はバーモント伯爵の手がかかった者のしわざだろう。買い上げた土地に孤児院があって、邪魔だから放火して追い出そうとしたのではないだろうか？

（これは皇子の評判を高める絶好の機会かも）

内心ほくそ笑み、リドリーはバーモント伯爵を締め上げる算段に頭を巡らせた。

警備隊の者たちは皇子の命令とあって、事件の捜査を最優先でしてくれた。後日、執務室に警備隊の責任者を名乗る者が捜査報告書を携えてやってきた。警備隊の責任者は、ランデルという名の後頭部の薄い脂ぎった中年男性だ。白いタイを花びらみたいに結んで現れた。

「事件の報告書と、今回の事件に関わったであろう貴族の名前を記してあります。私のあずかり知らぬところで勝手に隠蔽《いんぺい》されていたようでありまして……」

ランデルは、冷や汗をだらだら掻きながらリドリーに報告に来た。警備隊の責任者が関わっていないかどうかは疑問だが、下の人間を斬り捨てようとしているのは明白だ。

執務室は重厚なデスクと応接セットがある簡素な部屋だ。皇子のための執務室だが、ベルナール皇子は一度も使用していないらしく、デスクは傷ひとつなかったし、引き出しは空っぽだった。執務室にはシュルツと、近衛騎士のシャドールがいる。シャドールは扉の横に立ち、シュルツはリドリーの傍に控えている。リドリーは高級な革で作られた椅子に座り、捜査報告書に目を通した。これは二重にチェックしないといけない。責任者を名乗る目の前の男への信頼が薄いからだ。後で他機関に調査を依頼しようと、報告書をめくった。

「被疑者は牢に拘束しております。放火犯は男性二名で、街で有名なごろつきでした」

ランデルの報告では、ごろつき二名は金銭をもらい、花火師の小屋に火を放ったのだそうだ。火を放つ際に自分も火傷《やけど》を負って、今まで町医者のところで治療してもらっていたらしい。金をくれた貴族の名前は知らないが、特徴は覚えていて、それがバーモント伯爵の執事長と一致した。

「証人と証拠は押さえましたが、い、いかが致しましょう……？」

ランデルは両手を擦り合わせて、リドリーに上目遣いで聞いた。そこまでしておきながら、逮捕しないというのがリドリーには理解できない。

「シュルツ、放火が確定したとして、バーモント伯爵の罪はどれほどのものになる？」

リドリーは捜査報告書を読み終え、横に立っていたシュルツに尋ねた。

「は。おそらく、罰金程度のものかと……」

シュルツは申し訳なさそうに答える。

「放火して怪我を負った者もいるのに、罰金か」

呆れてリドリーが聞くと、シュルツが眉根を寄せる。ランデルも同じような意見らしく、縮こまっている。シュルツはちらりとランデルを見やり、続けて口を開いた。

「死者は出ておりませんし、怪我を負ったのは平民、しかも孤児です。それに焼けたのは、バーモント伯爵の土地です。私も納得がいきませんが、おそらく罰金程度の罪にしかならないでしょう……」

シュルツは帝国の法律上、それ以上の罪には問えないという。貴族が平民を殺しても、あまり重罪ではないのがこの帝国の常識だ。平民が貴族を殺したり、怪我を負わせたりすれば処刑もありうるのに、その逆はありえないほど寛大だ。だからこそバーモント伯爵は大して隠蔽工作もしなかったのだろう。

「罰金はいかほどだ?」

リドリーはランデルに問うた。ランデルはこっそりと紙に数字を書き込み、「この程度かと」と金額を表示した。少なくはないが、バーモント伯爵が払えない額ではない。

「罰金が払えない場合、土地の没収ということもあります。それもできない場合は爵位の取り消しもあるかと」

シュルツは小声で補足する。

「なるほど……」

リドリーは立ち上がり、くるりとランデルに背を向けた。リドリーは自分の胸元につけていたブローチを手に取った。ブローチは翡翠《ひすい》をあしらったもので、凝った装飾の金具がついている。

「火魔法、ブローチを熱せ」

リドリーは小声で呟き、一瞬の間にブローチを火で包んだ。熱くて持っていられず、床に落とす。ブローチは高度の熱を浴びせられ、金具の一部が溶けてしまった。突然火魔法を使ったリドリーに、シュルツとランデルが目を点にする。

「ランデル、このブローチは焼け跡から見つけたものだ」

リドリーは熱を持ったブローチを指先で摘まみ上げ、ランデルに微笑みながら近づいた。

「は……？」

ランデルは意味が分からず、ぽかんとしている。それはそうだろう。今目の前で焼いたものを、焼け跡にあったと言い出したのだから。

「私はかねてから孤児を哀れに思っていてね。先日、あの孤児院をひそかに訪れ、現状を視察していた。その際にこのブローチをお守りとして置いていったのだ。それが、どうやら放火された時にこのブローチも焼けただれてしまったらしい」

リドリーは嘆かわしげに熱弁する。ハッとしたようにシュルツが顔を引き締める。シュルツにはリドリーが何をしようとしているか分かったようだ。

「そうでしたね、皇子。皇子はひそかにブローチを置いていきました。きっと修道女も気づいておられなかったでしょう」

シュルツがリドリーに同調して、大きく頷く。

「俺も見ていましたよ」

察しのいいシャドールが面白そうに援護してくる。

「このブローチは皇后からいただいた大切なものだ……。それがこのように焼けて……。ランデル」

リドリーは威圧感を持ちながら、微笑みを浮かべてランデルを見据えた。

「は！」

ランデルが背筋をぴしっと正す。

「皇子である私のブローチが焼けたというのに、この金額では少なすぎるのではないか？」

リドリーが目を細めてランデルに問うと、「ぴえっ」と変な声がランデルから漏れる。

「え、ええと……あ、あの、ではゼロを一個増やします……か？」

ランデルは哀れなくらい汗を掻き始めている。おろおろした様子にリドリーはふっと口元を弛めた。

「三つ増やせ」

リドリーが容赦なく言うと、ランデルが飛び上がって震える。扉付近にいたシャドールが思

わずといったように「ぶはっ」と噴き出して、肩を震わせている。天文学的な数字になったので、バーモント伯爵に払えるとは思えない。

「そそそ、そのような金額……っ、だ、大丈夫でしょうか……っ」

ゼロを三つ増やしたら、簡単には払えない高額になる。

「お前は俺のブローチにそんな価値はないというのか？」

リドリーがぎろりと睨みつけると、ランデルが「滅相もない！」と床にひれ伏した。

「ゼロを三つ増やします！　早急にバーモント伯爵に通告いたします！」

ランデルが断言し、リドリーはゆっくりと近づいて、床にひれ伏した哀れな中年男性の背中をそっと撫《な》でた。

「君は有能な男のようだな。バーモント伯爵には、罰金が払えないようならあの土地を差し出すようにと。土地は皇家のものになるだろうから、こちらで有効活用させてもらうよ」

リドリーは優しくランデルに説き、もう行けと解放した。ランデルはよろよろした足取りで執務室を出ていった。

「皇子、俺、皇子のこと愛してるかもしれません」

執務室に三人だけになると、シャドールが腹を抱えて笑いながら言った。シャドールなりの冗談だったのだが、愛しているなどと言ったので、シュルツが恐ろしい形相で割って入ってくる。

「シュルツ、落ち着け、冗談だ。取り上げた土地に孤児院を建てよう。作業する者は西地区で食うのも困る者を優先して雇うように。そうだ、イムダも呼べ。以前はイムダの家門が所有していた土地なのだろう？　孤児院に関しても建築資料を持っているかもしれない」

リドリーはシュルツとシャドールに今後の手配を任せた。二人とも、すっきりした表情で手配を始める。リドリーはシャドールをそっと手招き、耳打ちした。

「皇子が焼け跡から追い出された孤児を哀れに思って、孤児院を建てようとしているという話を触れ回ってくれ。平民の間で噂が広まるよう、頼んだぞ」

リドリーが命じると、シャドールは「お任せを」と自信に満ちたウインクをする。シャドールの交友関係は広く、どこへいっても彼を知る者と会う。広報としてはシャドールの能力はピカ一だ。

バーモント伯爵の驚く顔が見ものだと、リドリーはほくそ笑んだ。

数日後にはバーモント伯爵の元に警備隊の者たちが訪れた。令状を突きつける警備隊に対して、バーモント伯爵は腰を抜かして驚いたという。とんでもない金額を払うよう言われ、バーモント伯爵は土地を手放すしかなくなった。警備隊の者たちは「焼かれた場所に、さる高貴な方の持ち物があった」としか語らなかったので、バーモント伯爵からすれば理解不能だろう。かなりの額だったので、バーモント伯爵は一文無しになったらしい。

合法的に土地が手に入り、リドリーはすぐさま土地の活用を申請した。慈善行為を前面に押し出したので、リドリーの申請は受理された。イムダの協力もあって、焼け跡には新しい孤児院が建てられることになった。建築費用はバーモント伯爵から搾り取った金を当てた。

「ああ、皇子……っ、何とありがたいことでしょうか……。あなた様は神が遣わした奇跡でございます」

建築が始まった西地区の焼け跡に近衛騎士と共に赴くと、建設の手伝いをしていた修道女が涙を浮かべてリドリーの前に跪いてきた。驚いたことに修道女に合わせて、孤児たちもリドリーにきらきらした目を向けて跪いてくる。修道女が皇子のおかげだと孤児たちに言い聞かせたのだろう。それにここに来るまでの間、平民たちが「皇子よ、孤児院を建てるらしいわ」とか「皇子は弱いものを見捨てないのね」と誇らしげに話しているのが聞こえた。シャドールが上手く噂を流してくれたのだろう。平民たちのリドリーを見る目つきは、尊敬と期待に満ち溢《あふ》れている。

「皇子！　俺、皇子のためならこの命を投げ出す覚悟です！」

孤児の中で十歳くらいの眉毛の太い男の子が、リドリーに向かって宣言してくる。最初に会った時はがりがりでうつろな目をしていた子どもばかりだったが、定食屋に孤児たちの食事を頼んだせいか、どの子も活力がみなぎっている。

「俺も俺も！」

「私も！」

小さな子どもたちがこぞって手を上げて言い募る。近衛騎士たちも微笑ましいという表情で孤児たちを見つめている。

（孤児か……上手く活用すれば、いい手足になるかもな）

リドリーは優しい皇子を演じつつ、内心そう計算していた。アンティブル王国でも、リドリーは身寄りのない子どもたちを手足として使っていた。仕事を与えれば、大人よりいい仕事をするし、彼らは大人が入れないような場所にも侵入できる。

「ありがとう、期待しているぞ」

リドリーは孤児たちの頭を撫で、彼らと親しげに会話した。それを遠くから見守る平民は、気さくな皇子だと好意を示す。すべてリドリーの思惑通りだ。リドリーは自分が真に優しい人間ではないのを知っている。利用価値がなければ、手など差し出さない。アンティブル王国にいた頃、リドリーを偽善者と罵る者もいたが、しない善よりする偽善と思っているので、蚊に刺されたほどにも感じなかった。

「路頭に迷っていた者も皇子に救われたようですよ。日払いという新しいやり方が、功を奏したみたいですね」

シャドールが感心したように言ってくる。そうなのだ、この帝国では賃金は月払いが基本だ。職に就くには保証人がいなければならないし、保証人がいない場合は低下層の仕事しかできない。今回はそれを取り払い、賃金を日払いにすることを保証して人を雇い入れた。もちろん建物を造る以上、指示する人間はきちんとした建築家を置いている。だがそれ以外の雑用は、仕事をきちんとしてくれるなら浮浪者でも構わないとした。西地区にはごろつきやチンピラも多いが、彼らがそうなったのはこの国の貴族主義に原因がある。

(皇子の名声が上がれば、皇帝も放置はできないだろう。まだ皇帝を倒すと決めたわけではないが、そうなった場合の布石も打っておかねばならない。それに運よく自分の身体に戻れた時のことを考え、皇子と皇帝を対立させるのもいい)

ベルナール皇子に皇帝は愛情を持っていない。おそらく皇帝は他人に対して愛情を持てない欠陥人間だ。色欲はあるから子どもはできるが、皇子や皇女、皇妃にしろ、愛情を持っている様子はない。

(そういえば『鷹《たか》』に皇帝の加護を調べるよう言ったが、調査は進んでいるのだろうか?)

自分の奴隷にした暗殺ギルドの『鷹』に頼んでみたが、あれから一向に連絡がない。それほど皇帝の加護は周知されていないのだろう。

(厄介な加護じゃないといいんだが……)

『鷹』のよい報告を期待しつつ、リドリーは日々を送っていた。

◆3　遠い祖国

　エドワードがアンティブル王国の迎えの使者と合流し、無事に王城に辿《たど》り着いたという知らせがやってきた。

　帝国では長距離の連絡方法では鳩を使うのが一般的だ。鳩は帰巣本能があるらしく、簡単なやりとりなら問題ない。ただし鳩は食用としても有用なので、ごくたまに狩られて伝言が届かないこともある。

「とりあえず第一関門は突破というところでしょうな。王家の感触も悪くなかったようですぞ」

　宰相からエドワードの無事を聞かされ、リドリーは安堵《あんど》した。事前に書簡でのやりとりをしたが、同盟を結んでいるわけでもないし、いつ戦時下になってもおかしくない状況だ。エドワードが殺されたり、人質になったりする可能性もないわけではなかった。

「エドワード殿は期待に応えてくれたようですな」

　宰相は暦を確かめ、その後のスケジュールを確認する。隣国とはいえ、行き来に時間がかかるのはじれったい思いだ。魔法で一気に好きな場所へ行けたらいいのに。

「今宵《こよい》はバーバラ様の誕生パーティーですな。一月後にはベルナール皇子《おうじ》の誕生祭もあります。今年の皇子の誕生祭は皇后様が準備を張り切っておられますぞ」

宰相と別れる間際にそんなことを言われ、リドリーはうんざりして顔を顰《しか》めた。

側室と皇女が十三人もいるので、毎月のように誕生日パーティーだの夜会だのが開かれて面倒この上ない。出席しないと後から文句を言われるし、つまらないものを贈るとねちねち馬鹿にされるので、そういった細かい仕事は全部侍女のクリスティーヌに任せている。クリスティーヌは有能な侍女で、リドリーの期待に上手《うま》く答えてくれている。

「さすがに自分の誕生祭では顔だけ出すというわけには、いかないな」

リドリーは肩をすくめて宰相と苦笑した。

皇子であるリドリーの元にはさまざまなパーティーへの招待状が来るが、リドリーは今のところ厳選して出席している。皇族のパーティーは仕方ないが、貴族たちのパーティーは出席すると派閥問題や権力問題に発展する可能性があるからだ。早く自分の身体《からだ》に戻りたいリドリーだが、一向に戻れない現状を鑑み、力のある貴族と手を組むことも考えなければならないかもしれない。

(まぁ現在、俺はアルタイル公爵家とホールトン侯爵家、それに辺境伯を重要視しているという図式になっている)

帝国には派閥がいくつかあり、皇后を始め、四人の側室を支持する貴族がそれぞれいる。皇族を支持しない貴族派はいるが少数で、基本的には皇帝を第一とする公爵家や辺境伯が主な勢力だ。

（不思議なんだが、何故《なぜ》反対勢力がないのだろう？）

皇帝は残虐で、機嫌の悪い時は平気で人を斬りつけたり、牢《ろう》に入れたりする。シュルツのように皇帝と仲がよくなかった貴族もいるはずだ。けれど、どういうわけか皇帝を弑《しい》しようという風潮にはならない。

（俺はこの数カ月、皇帝へのひそかな悪意の芽を育てようとしてきた）

皇子という存在を希望に満ちたものにして、悪の皇帝という図式を描こうとしてきたのだ。皇帝が残酷な君主であることは、平民だって知っている。だが、そこまでだ。だから皇帝を倒そうとか、不満を訴えようという状況にはならない。

（曲がりなりにも平穏な国として続いているからだろうか？　皇帝に対する反逆心がこうもないと、いっそ不気味だ。特別情報統制しているわけでもないんだが……）

バーモント伯爵の事件に関しては、すぐに社交界に噂《うわさ》が広まった。リドリーが侍女のクリスティーヌと近衛《このえ》騎士のシャドールに噂を流すよう仕向けたからだ。バーモント伯爵が西地区に火災を起こした犯人として、あっという間に話が流れ、バーモント伯爵は社交界から追放された。仕事での取引もなくなったようだし、没落寸前と言われている。それなのに皇帝に関する悪い噂は広まるのが遅い。

（それほど皇帝に対する惧《おそ》れがあるのだろうか）

無論、皇帝に物申すことは死を意味するのは分かっている。だが、それにしても反対勢力がないのが不思議でならない。

「皇子、魔塔からの馬車が待っております。そろそろごまかすのも限界かと」

宰相と別れた後、近衛騎士のグレオンが近づいてきて、真剣に訴えてきた。腹が痛いだの、執務があるだのと言って魔塔の誘いを断ってきたが、とうとう馬車で出迎える事態になったようだ。西地区に行った時も、戻ってきたのが遅い時間だったので、都合が悪くて行けなくなったという詫《わ》び状を送った。

「皇子の午後のスケジュールが空いているのも把握済みです」

グレオンは先回りして言う。この先も断り続けるのは無理があると悟り、リドリーは仕方なく午後は魔塔に向かうことにした。魔塔の主と呼ばれているレオナルドは、前回会った際にリドリーに異様に興味を示していた。自分より魔力が強い男と会うのは気が進まず、のらりくらりとかわしてきたのだが……。

「仕方ない、行くか」

リドリーがあきらめてシュルツと共に皇宮を出ると、黒い鋼鉄の塊みたいな馬車が皇宮前の広場に停まっていた。馬車の前に立っていたのは、黒いローブを羽織った男性二名だ。フードを深く被《かぶ》り、胸元には魔塔の一員であることを示すブローチを嵌《は》めている。ブローチは天然樹脂に虫の化石が埋め込まれたものだ。

「ベルナール皇子、拝謁を賜ります」

黒いローブの男性が、リドリーに向かって深く一礼する。魔塔の制服はいくつかあるが、上位に位置する魔法士が青いローブを羽織り、中間に位置する魔法士は黒いローブ、見習いや下層に位置する魔法士は白い貫頭衣を着ている。

「待たせたようだな」

リドリーはにこやかな笑顔で馬車に乗り込んだ。一緒にシュルツも乗り込み、魔法士二人も乗り込んだ。魔塔の馬車の後ろには、近衛騎士が馬に乗って七名ほどついてくる。

「では出発します」

黒いローブの男たちは、リドリーが馬車に乗って安堵したように馬に鞭《むち》を入れた。きっと今日こそは連れてくるようにと言い含められてきたのだろう。

皇宮を出発して、馬車は街道をひた走った。魔塔は深い森の中にあり、その周囲五キロほどに結界を張っていると聞く。帝国では七歳の時に神殿で検査を受け、魔力が多いと分かった者は魔塔に連れられ魔法士としての修練を積むそうだ。魔力のある者は少なく、ましてや魔塔にスカウトされるほどの魔力持ちとなると、年に一人か二人くらいしか出ないらしい。

（魔塔は帝国内で唯一の治外法権と言える場所だ）

馬車の小窓から外を眺め、リドリーは腕を組んだ。魔塔は文字通り、魔法使いが集まった塔だ。魔塔にいる魔法士は、戦時下や災害時には国のために力を使うと決まっているものの、それ以外はさしたる決まりはない。納税義務もないし、国から金が支給されるし、将来的にも安泰だ。皇帝に逆らうなら、魔塔と手を組むのが現実的だが、現状、魔法士たちには皇帝に逆らう旨味《うまみ》はない。

あれこれと思考を巡らせているうちに魔塔についた。魔塔は帝国内で一番高い建物で、森の中に柱が突き出ている形のせいか、遠くからもよく見える。煉瓦《れんが》造りの円筒の建物の前に馬車が停まり、リドリーはシュルツに続いて外に出た。近衛騎士たちも馬から降り、周囲をチェックする。

「ベルナール皇子！」

魔塔の正面扉から興奮して出てきたのは、魔塔の主と言われているレオナルドだ。血色の悪い顔つきにひょろりとした体形、櫛《くし》も通していないようなぼさぼさの銀色の髪に紅玉の瞳を持つ青年で、魔塔主を示す紫色のローブを着ている。魔塔では魔力の強い者が上に立つ完全な実力主義なので、レオナルドは若いながらも魔塔を仕切っている。

「やっと来てくれましたね、首を長くしてお待ちしてましたよ。さぁ早く中へ」

レオナルドはリドリーの手を両手で摑《つか》み、興奮した様子で急《せ》き立ててきた。最初に会った時にはいかにも面倒そうな様子だったのに、何故か途中からリドリーに異様な興味を示してきた。

「忙しい身なので、あまり長居はできないが」

レオナルドの前のめりな状態を見るにつけ、早く帰りたいという気持ちになった。魔塔と手を組むべきだと分かっていても、レオナルドのような自分の興味がある対象にしか感情が動かないタイプは厄介だ。それに、あまり深く調べられるのも困る。

「そうおっしゃらずに、じっくり調べさせて下さいよ。あなたは実に興味深い」

レオナルドはリドリーの手を引っ張り、内部へ引きずり込む。シュルツが「レオナルド殿、皇子に対して節度ある態度を」と口を挟んでも、聞く耳持たずに廊下を進んでいる。石造りの廊下を進んだ先に、客間らしき部屋があった。黒い革張りのソファに一枚板で作られたテーブル、壁にはぐるりと取り囲むような棚があり、さまざまな魔法書が置かれていた。

正面の壁に、大きな石板が埋め込まれている。レオナルドはリドリーをそこへ連れて行った。シュルツと三名の近衛騎士が後ろについていたが、その場にいた魔法士がリドリーとレオナルドが通った後、いきなり通せんぼする。

「すみません、この部屋は複数の人間が入ると誤作動を起こすので」

扉の前で止められたシュルツたちは、魔法士の言い分に険しい表情を見せる。

「私は皇子の護衛です。いついかなる時も、一緒におります」

シュルツが力ずくで部屋に入ろうとすると、レオナルドが振り向いて何か呪文を呟《つぶや》いた。とたんにシュルツは開いている扉からこちらへ入ってこられなくなった。シュルツが入ろうとするたびに、ばちばちっと衝撃音が起こり、火花が散る。

「護衛の方はその場で。見えるところに皇子がいれば問題ないでしょう？」

レオナルドは軽く手を振り、近衛騎士たちをあしらう。横で見ていたが、詠唱時間も短く、魔力も強い。レオナルドの魔法士としての能力はかなり高いのだろう。出入り口が開いているとはいえ、石板のある部屋に自分より魔力の強いレオナルドと二人きりというのは問題だ。シュルツが憤りを抱えているのが伝わってきて、リドリーは軽く手を上げた。

「何かあったら呼ぶから、そこで待機していろ」

リドリーがそう言うと、シュルツも怒りを収めて剣の柄《つか》にかけていた手を離した。いざとなったら、シュルツにソードマスターとしての力を発揮してもらうしかない。岩をも斬れる男だから、この部屋の壁くらい壊せるだろう。

レオナルドはこちらの感情などまるで気づかず、石板の前にリドリーの背中を押す。レオナルドは常識知らずで空気が読めない子どもがそのまま大人になったタイプだ。挨拶も抜きに、自分のやりたいことをしようとしている。

「ベルナール皇子、この石板はその人の本質を数値化できるものです。以前、皇宮で出会った時、俺は驚きました。あなたから強い魔力を感じたのです！　だが、昔会ったあなたには微弱な風魔法しかなかった……。急に魔力が強くなるなどあるのか！　その真実を確かめたい！」

レオナルドはリドリーの腕を摑み、勢いのまま語ってくる。皇子の身体に勝手に触るなど不敬極まりないところだ。魔法士でなければ、罰せられていただろう。

「さぁ、早くこの石板の中央にある水晶に触れて下さい！　あなたの本質を確かめさせてほしい！　鑑定させて下さい！」

興奮状態でレオナルドにまくしたてられ、リドリーは軽くため息をこぼした。

「何故俺が？」

リドリーは呆《あき》れた口調でレオナルドを見やった。

「は？」

レオナルドがやっとリドリーと目を合わせる。

「何で俺が石板なんかに鑑定してもらわねばならない？　特に望んでないのに」

レオナルドのペースに乗せられるのは不快だったので、リドリーは肩をすくめて石板から離れようとした。するとレオナルドが焦ったようにリドリーの腕にしがみついてくる。

「あなたの力が分かるのですよ！　知りたくないんですか！」

リドリーが喜んで鑑定すると思ったのか、レオナルドは愕然《がくぜん》としている。自分の興味あるものをこの世の人間すべてが好きになると思い込んでいるのだろうか。そもそも鑑定などして、リドリーの名前が記されたら大ごとだ。この肉体はベルナール皇子のものなので、多分大丈夫だと思うが、絶対とは言い切れない。

「別にいらない。こんなことのために呼んだのか？　俺はそんなに暇じゃないんだぞ」

レオナルドが使い勝手のいい人間なら愛想も振りまくが、この男はただの魔法馬鹿だ。皇帝に楯突く反対勢力になるのは無理だろう。そんな男に貴重な時間を費やされるのが馬鹿らしくなり、リドリーは帰ろうとした。

「待ってくれ！　皇子はどうか知らないが、俺は知りたいんだ！　あなたの本質が知りたい！　見せてくれたら、何でもいうこと聞くから！」

帰ろうとしたリドリーに焦ったのか、レオナルドはすがりつくように叫んできた。なりは大きくとも精神は子どもだ。駆け引きすらしない。

「何でも……？」

リドリーはレオナルドの口走った言葉に目をきらりと光らせた。

「俺を使っていい券、一回分渡す！」

レオナルドは駄々っ子が希望を叶《かな》える時みたいに、後先考えずに言う。魔塔の主である男をただで一回使えるなんて、素晴らしい取引だ。リドリーは帰ろうとした足をくるりと石板に向けた。

「そうか、では紙に記してくれ。そうしたら鑑定でも何でもしよう」

リドリーがにっこりと笑って言うと、レオナルドはその辺にあった羊皮紙を取り出し、ペン先を走らせた。レオナルドの本名と一度限り希望を叶えるという内容だ。リドリーはそれを奪うようにして懐に入れた。

「ここに手を置けばいいんだな？」

リドリーは出入り口にいるシュルツに目を配り、尋ねた。万が一見られてはまずい結果が出た時に先んじて、シュルツには近衛騎士と魔法士を出入り口から遠ざけさせた。レオナルドは尻尾《しっぽ》でも振りそうな勢いで、何度も頷《うなず》いている。

リドリーは石版の前に立ち、水晶に手を当てた。

とたんに石板が発光し、真っ黒だった石板の上に文字が現れ始めた。ベルナール・ド・ヌーブという名前、年齢、性別、体重や身長、そして火魔法と書かれた横に数字が羅列する。続けて使える魔法の種類がずらりと書き出され、レオナルドが飛び上がった。

「お、おお……っ」

レオナルドは食い入るように石板に見入り、大きくわななく。

「すごい魔力量だ……っ、こ、これは」

火魔法の数字の次に表れたのは、加護という文字だった。まずい、と思い、リドリーはとっさに手を離した。

「うわあああ！　ああ！　消えていく……っ」

石板に描かれた文字は、リドリーが手を離すとみるみるうちに消えていった。加護まで明かされると思っていなかったので、失敗した。この石板、本当にすごい代物だったらしい。加護の内容については知られたくない。魔法士であるレオナルドに弱みを握られるようなものだ。

「もう一度！　もう一度手を！　皇子に加護があるなんて知らなかった！　あなたはご存じだったのか⁉　以前のあなたに加護などなかったはずだ！　いつ、どこで得たんだ！　それにどんな加護なんだ！　早く教えてくれ！」

　レオナルドは狂ったようにわめき、リドリーの肩を揺さぶる。ベルナールは子どもの頃、魔塔主に鑑定をしてもらい、風魔法を使えることが分かったという。加護があるかどうかもその時に調べられただろう。偽物を疑われている上に加護持ちであることまで皇帝に知られてはまずい。

「あなたも加護持ちなら、分かるだろう？　おいそれと語れるものではない」

　リドリーは当てずっぽうで吐き出した。レオナルドが加護持ちかどうか知らないが、魔塔の主と呼ばれている以上、加護を持っている可能性は高いと思った。案の定、レオナルドは痛いところを衝《つ》かれたようにうなだれた。

「だが……だが、俺は知りたい……っ。あなたの加護名を知りたい……っ。分かった、では俺の鑑定結果も見せよう。そうすればお互い、安心ではないか？」

　どうしても知りたいという欲求を捨てきれないレオナルドが、苦し紛れに言ってくる。リドリーはしばし悩んだが、レオナルドの加護がどんなものか知るのは有益だった。

「……分かった、ではあなたの鑑定も見せてくれ。その上で、俺に加護があるのは秘密にしてほしい」

リドリーは悩んだ挙句に口を開いた。先ほどもらった何でも言うことを聞く券を使って口封じをしようかと思ったが、そんなものに使うのはもったいない。それに使わずとも、この男相手なら言い含めればどうにかなりそうだ。

「もちろん秘密にする！　だが何故秘密にする？　皇子に加護があるなら、皇帝も無視はできまい。すぐさま皇太子になれるだろうに」

レオナルドは遅まきながら疑問を抱いたようで、首をひねっている。リドリーにとって加護というのは秘密兵器そのものだ。なるべくなら知られたくない。第一、もとのベルナールに戻った時に加護がないと言われたら、ベルナール皇子が哀れすぎる。

「これが俺の鑑定結果だ」

レオナルドは気を取り直したように、石板の水晶に手を当てる。レオナルド・ピサロ。男性、二十八歳。水魔法、風魔法、闇魔法という三種類の魔法の能力が書かれる。三種類もの属性を持つ魔法士は見たことがない。特に風魔法の能力値がずば抜けて高く、魔力量はリドリーの火魔法と同じくらいだった。こうしてみると、レオナルドが自分に興味を持ったのは、同じくらい強い魔法を扱えると察したからだろう。続けて使える魔法の種類が羅列され、最後のほうに加護が出てくる。

（加護……『すべてを読み解くもの』か！）

鑑定結果にはそう書かれている。おそらくあらゆる言語を解読できる能力だ。レオナルドらしい能力だった。魔法書の中には古代語で書かれたものや、見知らぬ部族の書いたものもあると聞く。レオナルドが若くして魔塔主になったのも、この能力故かも知れない。

「さ、次はあなたですよ」

レオナルドにいそいそと告げられ、リドリーは仕方なく再び水晶に手を置いた。レオナルドは加護をじっくり見ている。加護のところに『七人の奴隷』とはっきり書かれている。この先、石板を他人のいるところで見てはならないと肝に銘じた。

「これは一体、どのような能力ですか？　七人の奴隷というからには、七人奴隷にできる？　それとも七名の精霊を奴隷にできる？　もしや……」

レオナルドは加護名から想像がつく内容をぶつぶつ呟いている。

「皇帝陛下も加護持ちだろう？　レオナルド殿は、その内容をご存じか？」

鑑定結果を凝視しているレオナルドに、リドリーはそっと尋ねてみた。

「いや、陛下の加護については知らない。先代の魔塔主ならご存じかもしれないが」

レオナルドは鑑定結果のほうが気になるらしく、上の空だ。やはり皇帝の加護については不自然なほど知られていない。

「皇族でも加護は陛下とあなただけでしょう。皇女全員も鑑定しましたが、加護持ちはおられなかった。はぁ、いいものを見せてもらいました」

読み終えたレオナルドが頬を紅潮させて、うっとりとする。血色が悪いから、ちょうどいいくらいだ。

「何故、突然あなたにこのように強い火魔法が現れたので？　そもそもこんなに多くの火魔法を扱えるなんて、ありえない。これは熟練した魔法士レベルです。ベルナール皇子はずっとひきこもっていたのに、どこでどうやって火魔法の練習を？　誰に師事なさって？　加護についてもそうです。加護を隠してこれまで過ごしていたなんて、信じがたい。まるで……まるで、人が変わったようだ」

レオナルドは次々と疑問が湧いたらしく、ぎらついた目で問いかけてくる。

（こう来ると思ったから、来たくなかったんだよ）

リドリーは無言で微笑《ほほえ》みを浮かべた。一般人は騙《だま》せても、魔塔主ともなるとごまかしづらい。魔法は一足飛びにこなせるものではない。リドリーだって小さい頃から魔法の鍛錬を重ねて今のレベルになったのだ。

「一体あなたは何者なんですか？」

真剣な眼差《まなざ》しでレオナルドに聞かれ、リドリーは軽く吐息をついた。

「鑑定結果を見たよな？　あなたはこの鑑定結果が嘘であると？」

リドリーはじっとレオナルドの目を見つめ返し、確認した。レオナルドも「うっ」と呻《うめ》き、頭を抱えた。

「そうだ、鑑定結果は絶対……。あなたはベルナール皇子……、あの解毒剤を飲んだからそれは間違いない……」

レオナルドも皇宮でリドリーに解毒剤を飲ませたのを思い出したらしい。クソ不味《まず》い飲み物だった。二度と飲みたくない。

「納得してもらえたならよかった。では、これでレオナルド殿の望みは叶ったかな？　せっかくの魔塔だ。ぜひ塔内を案内してほしい」

リドリーは石板からレオナルドを引き離し、愛想よく促した。レオナルドは納得いかない様子ながらも、扉にかけた侵入拒否の魔法を解除した。扉の外にいた近衛騎士たちはリドリーたちの会話は聞こえなかったようで、一安心だ。

その後はめったに入れない魔塔内を見学させてもらい、一時間ほどで暇《いとま》を告げた。レオナルドはリドリーに対する興味が増したようで、「皇子、またぜひお会いしたい」と熱っぽく迫ってきた。レオナルドにとってリドリーの魔力量は、魅力的なものらしい。レオナルドの能力は惹《ひ》かれるが、関わると厄介そうな人物だ。こういう御せないタイプは敬遠するに限る。

「魔塔は帝国にとっても重要な機関だ。今後もよい関係を築きたいと思っている」

リドリーは社交辞令で締めくくり、魔塔を後にした。

一週間後にはエドワードがアンティブル王国から戻ってきた。エドワード率いる使節団は皇帝が待ち構える謁見の間へ直接赴き、アンティブル王国と交わした契約や王家から賜った書簡、貢ぎ物を皇帝に献上した。

玉座に座っているのはサーレント帝国の皇帝、マクシミリアン・ド・ヌーヴ。豊かな金髪を肩にかけた、屈強な身体の持ち主だ。

「ふむ。アンティブル王国の第三王子がやってくるのか。いいだろう、こちらは皇女全員でもてなそうではないか」

一番高い玉座に座っていた皇帝が、下卑た笑みを浮かべて言った。壇上にいた皇女全員が、ざわりとした。皇帝の言葉は重く、これで皇女たちは誰も逃げられなくなった。

「よくやった」

皇帝は使節団に重々しく告げ、それぞれに休暇をとらせた。貢ぎ物の中に、皇帝の好むエランという魚介の卵があって、リドリーはほくそ笑んだ。あらかじめ皇帝の好物を伝えておいてよかった。エランは帝国側の海域ではほとんど獲《と》れないので、皇帝も喜ぶはずだ。エランの卵は非常に美味だが、食べ過ぎると痛風になる厄介なものだとアンティブル王国内では知られている。無論、そんなことを皇帝に言う義務はない。リドリーは皇帝の隣に立っていて、跪《ひざまず》いてこちらを見上げるエドワードによくやったという視線を向けた。

「アンティブル王国の持て成しはお前に任せたぞ」

皇帝が顎をしゃくってリドリーに言う。

「お任せを。偉大な帝国と弱小国であるアンティブル王国との国益の差を見せつけてやろうと思います」

リドリーはわざとらしい口調で言った。皇帝も大笑いして「腰を抜かすほどにな」と同調した。これでアンティブル王国の来賓を招く際に、金を使いまくっても許される言質を取った。

「お父様！」

これで場はお開きと思った矢先、アドリアーヌの金切り声が響いた。その場にいた全員、びっくりして固まる。アドリアーヌは持っていた扇子をへし折りそうな勢いで、身体を震わせている。公務においては「陛下」と呼ぶのが常識だ。公式の場で皇帝陛下をお父様と呼んだアドリアーヌに対して、母親のフランソワは真っ青になってアドリアーヌを「これ」と叱る。

「口の利き方も知らぬのか。しつけがなっておらぬな」

皇帝が面倒そうにフランソワを見やる。

「……っ、陛下、私は納得がいきません！　何故、あのような弱小国の王子が、私たちの誰かを選ぶことになっているんですの？　むしろ私たちが選ぶ立場では？」

アドリアーヌはアンティブル王国の第三王子が皇女の誰かを娶《めと》るというのが気に食わないらしく、苛立《いらだ》ちを前面に押し出す。

「ふむ……それもそうだな」

皇帝はアドリアーヌの言い分も一理あると思ったらしく、顎を撫《な》でる。こちらが選ぶことになるのはあまり歓迎できない。

「第三王子は十八歳か。一番下の皇女を嫁がせるという手もあるな」

皇帝はまだ三歳になったばかりの第四側室の皇女をちらりと見る。第四側室の顔が青くなり、皇女の小さな手が震えた。

「陛下、さすがにその歳《とし》では使いようがないかと」

リドリーが諫《いさ》めるように言うと皇帝が場にそぐわぬ大声で笑う。

「冗談だ。アドリアーヌよ、選ばれる自信がないと申すか？」

皇帝に煽《あお》られ、アドリアーヌがムッとして眉を寄せる。アドリアーヌには感情を押し殺す真《ま》似《ね》はできないようで、怒りで顔つきが変わっている。アドリアーヌがわめきだした理由が分かって、リドリーは苦笑した。アンティブル王国の王子が好きな皇女を娶るという図式になり、選ばれなかった場合のことを考えたらしい。恋愛に優劣はないとリドリーは思うが、第一皇女であるアドリアーヌからすると、自分以外の皇女が選ばれるのも腹立たしいものなのだろう。アンティブル王国へ嫁ぎたくないが、選ばれないのも沽券《こけん》に係わるのだ。

「そのようなことはございませんわ！　ですが、私は誰かさんのように口は上手くありませんの。そういう意味では不利ですわ」

アドリアーヌはこれ見よがしにスザンヌを睨《ね》めつける。スザンヌは表情一つ変えなかったが、アドリアーヌと仲がよくないのは周知の事実だ。

「恐れながら陛下、私の娘は婚約者がおります。娘は除外したほうがよいかと。のちに遺恨となっては困りますし」

第三側室が静かな口調で述べた。皇女の中で婚約者がいるのは今のところ第三側室のバーバラだけだ。ベルナール皇子やアドリアーヌ皇女の婚約が破談になったことで、呪いではないかという噂が立ったせいらしい。ベルナール皇子の婚約者は殺されたし、アドリアーヌ皇女の婚約相手は浮気して婚約破棄になった。

「陛下、おっしゃる通りバーバラ様は除外なさったほうが賢明かと」

宰相が口を挟み、皇帝も「それもそうだな」と考えを改めた。バーバラの婚約相手の伯爵を気遣ったのだろう。バーバラがあからさまにホッとして、隣にいたベロニカに睨《にら》まれる。

「ふむ、では八名のうちのどれがアンティブル王国の王子を射止めるか見ものだな。お前たち、選ばれた者には褒美をとらすぞ」

皇帝が皇女を見回し、面白そうに言い出す。褒美と聞いて、皇女たちが戸惑う。だが、次に皇帝が発した言葉で、皇女が全員固まった。

「――そうだ、どの皇女が選ばれるか、賭けでもするか」

皇帝の心無い発言に、皇女たちが静まり返る。さすがに不敬と居並ぶ側近も黙り込んだが、当の皇帝は自分の提案に浮かれて手を叩《たた》いている。

「マックス、お前が仕切ってやれ。得意だろう？」

皇帝は凍りつく皇女たちを尻目に、側近の一人であるマックス伯爵に言い放った。マックス伯爵は顔を引き攣《つ》らせて皇女たちから目を逸《そ》らしつつ、皇帝に頭を下げる。皇女から睨まれたくないが、皇帝の命であり、逆らえないのだろう。

「そ、そうですね、分かりました。お任せ下さい」

マックス伯爵がへこへこしながら言う。血の繋《つな》がった娘でさえ、余興の一つにしてしまうなんて、皇帝には赤い血が流れていないかもしれない。側近の一人であるバシュミエール伯爵は「陛下はどの方に賭けるので？」と下卑た笑いと共に聞いている。リドリーはこの場にいた帝国民の顔を見て回った。宰相や公爵、近衛騎士や使節団の貴族や商人といったまともな者たちは、皇帝の発言に呆れ返っている。特にシュルツは不快感を露《あらわ》にして、怒りのオーラを発している。皇女だから我慢しているものの、これがリドリーに対する侮辱だったら、飛び出していたかもしれない。あのエドワードでさえ、顔を顰めている。

「陛下、そろそろ……」

宰相が次の予定を耳打ちし、使節団との謁見は終了となった。皇帝への謁見が終わったので、リドリーは気を取り直して使節団を会議室へ招いた。

「よくやったな！　すばらしい出来栄えだ！」

使節団の貴族と商人、近衛騎士だけになると、リドリーは彼らを褒め称《たた》えた。王家とのやり取りや契約に関しては申し分なく、長旅を終えて誰一人怪我《けが》も病気もない。

「アンティブル王国の王家の方々は、信頼できる方々でございました」

エドワードは会議室の円卓につくと、向こうで起きた出来事の数々を理路整然と話し始めた。

アンティブル王国でも国交回復を望んでおり、王家と皇家の婚姻でそれが叶うのならば異論はないということだった。

「リッチモンド伯爵とニックスが、アンティブル王国の中に知り合いがいたのも、交渉をスムーズに運べた一因だったと思います」

エドワードはリッチモンド伯爵とニックスを引き立てる。一通りアンティブル王国での話を聞き終え、リドリーは彼らをねぎらった。あえてリドリーは先ほどの皇帝の発言を蒸し返さなかったのだが、市民議会のモリス・バートンは腹に据えかねるといった態度で円卓を叩いてきた。

「皇帝陛下はあんまりですよ！　娘の結婚を賭けにするなんて！」

市民議会の議長であるモリスからすると、皇帝の発言はありえないものだったのだろう。モリスに同調するように他の者も顔を顰めた。

「モリス、口には気をつけろ。誰が聞いているか分からないぞ」

リッチモンド伯爵は、モリスを窘《たしな》める。自分に逆らう者には容赦ない皇帝だ。それが分かっているから貴族連中は押し黙っている。

「しかし……、うう、そうですね……」

モリスは子煩悩という話らしいので、耐えかねる話だろう。リドリーとしてはぜひともこのエピソードを平民に広めてもらいたい。

「モリスの気持ちも分かるよ。俺も胸が痛かった」

リドリーは慰めるように優しく声をかけた。皇帝が悪の親玉なら、こちらは天使の息子を演じなければならない。予想通り、モリスは「皇子……」と救われたように目を潤ませた。

「それはともかく、アンティブル王国からの客を存分にもてなさねばならない。第三王子の来賓に際して催しものを検討しているから、いい案を頼むぞ。警備体制も整えなければならないし、皆にもまだまだ働いてもらうぞ」

リドリーは勇気づけるように彼らに語った。

「第三王子は人目を惹く青年と聞いている。そこを押し出して、帝国民にも受け入れやすい土壌を作りたい。両国の友好が目的だ。手を尽くすように」

力強くリドリーが言うと、皆の目も輝いた。次の会議日程を決め、彼らを解放した。使節団として向かった彼らが去っていくと、リドリーは部屋に残ったエドワードに数日の休暇を与えた。エドワードは素直に受け入れる。

「皇子のために、できうる限りのことはしました。お褒めの言葉をいただけますか？」

美しい微笑みを浮かべて言われ、相手が男だと分かっていながらリドリーはどきりとした。

エドワードがシャドールのように軽い男だったら、方々に浮名を流す遊び人になれただろう。

「ああ、本当によくやった。正直、お前は俺のことを信頼していないのではないかと思っていたが、ここまで期待に応えてくれるとは」

エドワードの腕に触れ、リドリーは改めてねぎらった。

「以前のあなたでしたら、はっきり申し上げて信頼はしておりませんでした。皇子の身分をかさにアドリアーヌ様とくっつけられたら困ると思っておりましたので……。ですが、今のあなたのことは信頼申し上げております。正直にお話ししましょう。以前は、父から人が変わったような変貌ぶりを見せるあなたを監視しろと言われておりました」

エドワードが思いがけぬ告白を始めて、リドリーも驚いたが横にいたシュルツも目を瞠《みは》る。やはりアルタイル公爵はリドリーを疑っていて、息子にその正体を明かすよう命じていたのだ。

「父はあなたが本物の皇子であると確信したようです。私も、改めてあなたへの忠誠を誓います。皇子の役に立つよう、この身を捧《ささ》げる所存です」

エドワードが腰から剣を引き抜き、すっとリドリーの前に跪いて剣を捧げた。これは騎士が行う忠誠の儀式だ。この人と思う相手に剣を捧げる習わしが、騎士にはある。生涯ただ一人にしか行えない習わしで、エドワードは皇子である自分にこの身を捧げると言い出した。

「エドワード……」

シュルツは呆然《ぼうぜん》としている。エドワードがここまでやるとは思わなかったのだろう。リドリ

ーは表情には出さなかったものの、内心狼狽《ろうばい》していた。そんな名誉を押しつけられても困る。第一自分が元の身体に戻ったら、エドワードは無能皇子に忠誠を誓ったことになってしまう。

「どうぞ、皇子。剣を取って下さい。今後何があっても、私はあなたに忠誠を誓います」

エドワードにうっとりするような真剣な目で請われ、リドリーは焦った。忠誠の儀式を拒否するのは騎士にとって不名誉なことだ。ここで断るわけにはいかず、リドリーは動揺しつつ、剣を手に取った。

(忠誠の儀式に法的効力はないよな……?)

あくまで名誉の問題だと自分に言い聞かせ、リドリーは剣の刃を跪くエドワードの肩にそっと当てた。

「騎士エドワード、そなたの忠誠を認めよう。ただし、俺が誤った道へ赴こうとした時には、そなたの清廉な心でそれを止めてほしい」

リドリーはそう告げて、エドワードからの忠誠を受け取った。エドワードは満足そうに微笑み、剣を受け取る。

(これでベルナール皇子に戻っても、大丈夫だよな……？　無能皇子に戻っても俺は知らないぞ)

内心ひやひやしつつ、リドリーは剣を収めるエドワードを眺めた。エドワードが部屋から去っていくと、急にシュルツが激高し始めた。

「皇子！　私の忠誠も受け取って下さい！」

シュルツは剣を抜き取り、エドワードに負けじと迫ってくる。リドリーは顔を顰め、それを軽くいなした。

「お前の忠誠は受け取らない」

きっぱりとリドリーが言うと、シュルツがショックを受けて青ざめる。

「ど、どうしてですか……っ⁉　私のあなたへの思いは……っ、エドワードにも負けません！」

シュルツに大声で言われ、リドリーは耳をふさいだ。

「お前には俺の術がかかっているだろう。忠誠があるのは当たり前だ。エドワードは術をかけられていないのに言ってきたから仕方なく受けたが」

エドワードとシュルツでは忠誠の意味が違う。術を解いてもシュルツが自分に尽くしてくれるかは今のところ分からない。シュルツは自分の心から出たものだと言い張るが、術の強力さを知っているリドリーにはそれを鵜呑《うの》みにすることはできないのだ。

「私は……、私はあなただけをお慕いしておりますのに」

苦しそうにシュルツが言い、衝動を抑えきれないといわんばかりに抱きしめてきた。部屋に誰もいなかったのでいいが、行き過ぎた情熱は他の人から変に思われるだろう。

「エドワードと張り合うな。まぁお前が案じるのも無理はないが。帝国一の美形じゃないか？」

ぎゅうぎゅう抱きしめられてリドリーが弛《ゆる》めるよう腕を叩くと、シュルツが恨みがましげに吐息をこぼす。

「そのようにおっしゃらないで下さい。あなたの目に映るすべての男を斬り殺したくなります」

物騒な発言が漏れて、リドリーはぞくりとした。冗談かと思ったが、そっと窺《うかが》うと暗い情欲を宿した瞳をしている。清廉潔白めいたシュルツが変貌していくのではないかと、リドリーは不安に駆られた。やはり術なんてかけるんじゃなかった。

「シュルツ、別に俺は誰でもいいわけじゃないからな？　唇を許すのはお前だけだよ」

シュルツの闇落ちを防ごうと、リドリーは甘い声で囁《ささや》いた。とたんにシュルツの目が輝き、見えない尻尾を振りだす。シュルツは熱っぽい眼差しで、リドリーの唇を奪ってきた。何度もキスをしているせいか、キスくらいは勝手にするようになっているのは問題かもしれない。

「ああ、皇子……。あなたが欲しい……。私のすべてを捧げますから」

触れるだけのキスを何度もしながら、シュルツが呻くように言う。やっぱり徐々におかしくなっている気がする。他の奴隷のように変態っぽくなっていったらどうしよう。

「シュルツ、その辺でやめろ」

終わらないキスに焦《じ》れて、リドリーは仕方なく命じる言葉を使った。サッとシュルツの身体が離れ、がっかりした様子で肩を落とす。

「執務室へ行くぞ」

リドリーにはまだやらねばならないことがある。別室に待たせておいた一人が執務室の前で待っているのだ。

濡《ぬ》れた唇を拭いながら、リドリーはシュルツと共に執務室へ向かった。あらかじめ伝えておいた通り、執務室の前にはニックスが待っている。リドリーは嫌がるシュルツをドアの前で待つよう言い捨て、ニックスと共に執務室へ入った。

「どうだった⁉」

リドリーは急くように口を開いた。執務室に連れ込んだニックスは、銀色の髪に切れ長の灰褐色の瞳、人を食ったような笑みを常に浮かべる男で、見た目は三十代半ばだが、本当の年齢は知らない。ニックスはリドリーの魂が入れ替わった事情を知っている。かつてアンティブル王国では、リドリーの師を務め、執事長として働いてくれていた。今回の使節団にニックスを混ぜたのは、あらかじめ工作をしてもらうためだった。

「第三王子にだけ、事情を明かしました。半信半疑でしたが……屋敷の地下に監禁しているあなた……いえ、ベルナール皇子を見せたら、納得したようです」

ニックスはひそかに第三王子と渡りをつけてくれたようで、王家の現況も語ってくれた。無論リドリーとベルナール皇子の魂が入れ替わったという話については、第三王子以外には話していないという。秘密を知る者は少ないほうがいい。第三王子には事情を明かさないとならないので話してもらったが、こんな奇想天外な話、よく信じてくれたものだ。

「第三王子は、これが真実ならむしろリドリーに皇帝になってほしいと言ってましたよ」

ニックスはニヤニヤしながら囁いてくる。

「悪魔の囁きをするなっ」

リドリーはげんなりしてニックスから身を引く。

「とりあえず第三王子と会ったら、改めて事情を明かすべきだろうな。こんな荒唐無稽な話、よく信じたな」

リドリーは胸を撫で下ろして、執務室の椅子に腰を下ろした。

「まぁ第三王子は柔軟な方ですから」

ニックスは肩をすくめて言う。後継者争いとは無縁だったせいか、第三王子はのびのびと育った。明るく武芸に秀でて、人から好かれやすいが、気乗りのしないことにはてんで駄目という人柄だ。歳が近かったこともあって、リドリーとはよく話した。

「屋敷のほうはどうだった？　ベルナール皇子はどうしている？」

第三王子についての情報を得て安心すると、今度は自邸のほうが気になった。ニックスが帝国に来ている間は、事情を知る者がベルナール皇子の近くにいない。自分の身体に入っている以上、ベルナール皇子が屋敷の主だ。その気になれば、使用人に何でも命じられる。

「使節団の仕事がない時に、屋敷の様子を窺いに行きましたが、ベルナール皇子は……まぁ、相変わらず怠惰な生活を送っているようです」

ニックスが言葉を濁すようにして言う。

「外に出たいとか言い出さないのか？　ふつう、自由にやりたいものだろう？」

ほぼ監禁状態だというのに、何だか納得いかない。

「そうですね……。ええ、まぁアンティブル王国へ行った時に確認すれば分かると思いますが……、何というか……今のところ問題はないようです」

ニックスには珍しく歯切れが悪いので、リドリーは気になって仕方なかった。

「私はそろそろお暇しますよ。いろいろ忙しいので」

ニックスは話を切り上げると、さっさと執務室を出ていった。まだ聞きたいことはあったのだが、引き留める間もなかった。入れ替わりに執務室に入ってきたシュルツはリドリーが密室に別の男と二人きりだったことを気にしている。

リドリーは溜《た》めていた息を吐き出した。ニックスの報告を聞き、順調にいっていると確信した。

「第一関門はクリアだ」

改めて達成感を噛《か》み締めてリドリーは目を閉じた。シュルツは甘い空気が完全に消え去ったのを残念に思っている。

「順調ですね。陛下の動向が気になりますが……。何か変なことを言い出さないかと」

シュルツはメイドに茶を運ぶよう指示した後、リドリーを気遣って言った。

「そうだな、婚姻相手選びの間に皇帝が馬鹿な発言をしないのを祈るのみだ」

リドリーは唇を歪《ゆが》めて吐き出した。

「あのマックス伯爵というのは？」

賭けに関して一任されたマックス伯爵を思い出し、リドリーは横に立ったシュルツに聞いた。

皇帝の側近は全員ろくでもないゴマすり野郎ばかりで、能力も低く、頭も悪い。皇帝は彼らを重用している。だが、皇帝の謎なところは、あからさまなゴマすり人間を置くわりに、能力の高い宰相や他の貴族も傍《そば》に置くことだ。貴族同士の派閥問題かとも思ったが、そういうわけでもない。ゴマすり人間だけ置くならいっそ分かりやすいのに、ぎりぎりの線で国が機能するよう人を配置しているのだ。

（だからこそ、皇帝は侮れない。マックス伯爵らに対してもいつでも首を刎《は》ねるといった空気を醸し出している）

リドリーは人を観察するのが趣味といってもいい。大体の人間にはパターンというのがあり、それに分別すれば対策も立てやすい。けれど、皇帝に関しては非常に難しかった。

二重人格かもしれないと思うくらい、愚帝と賢帝の顔を見せるのだ。今のところ分かっているのは、皇帝が人生に飽きて指先一つで人の命を奪う性質を持っていることだけだ。それがたとえ皇子であろうと皇女であろうと関係ない。およそ人間らしい感情が失われていること。あんな男が一番上に立っているなんて、帝国民の悲劇といえよう。

「マックス伯爵は……西地区にある剣闘奴隷の店のオーナーです。賭けごとの店を多く持っているので、あのような発言をなさったのでしょう」

シュルツは苦しそうに答えた。また西地区か、とリドリーは天を仰いだ。帝国には奴隷がいるが、その中でも腕の立つ奴隷同士を戦わせて賭け事にしている店がある。アンティブル王国にも剣闘士はいるが、闘った戦士に必ず金がいくようになっている。だが、帝国では奴隷に金などいかない。彼らは負けたら死ぬから闘っているだけだ。

「奴隷はどこから連れてくるんだ？」

根本的な問題を知りたくて、リドリーは尋ねた。

「ダナンド諸島の植民地化した小さな島から連れてくるようです。貧しい国なので、子どもを身売りさせる者が多いらしく……」

シュルツは痛ましげに目を伏せる。国が大きくなるほどに闇の部分が色濃くなる。階級のある国では上下関係に差があるほうが支配しやすい。とはいえ、リドリーは奴隷制度があまり好きではない。鎖で繋がれている人とパーティーで着飾る人の差がほとんどないからだ。服を脱げばどれも大差ない。それなのに生まれついての立場で人生は変わる。これこそ理不尽だとリドリーは思っている。そんな自分の加護が『七人の奴隷』というのは滑稽な話だが……。

「シャドールを呼んでくれないか」

西地区に関して調べたいことがあって、リドリーは何げなくシャドールの名前を挙げた。するとシュルツが黙り込んで、眉根を寄せる。

「……シャドールを重用しすぎではないですか？」

面白くなさそうにシュルツに言われ、リドリーは目を丸くした。シュルツが拗《す》ねたような顔つきでそっぽを向いている。気づいていなかったが、シャドールは器用で使い勝手がいいのでよく名前を挙げていたかもしれない。

「妬《や》いてるのか？　最近やきもちが多いぞ」

リドリーが意地悪く笑うと、シュルツがムッとして咳払《せきばら》いする。

「あなたがモテすぎるのが困るのです」

硬い口調で横を向くシュルツが可愛《かわい》く思えて、リドリーは笑いを抑えきれなかった。


アンティブル王国の王族を招く準備は着々と進められた。新聞社に情報をリークしたこともあり、市民にも隣国の王子が花嫁選びのためにやってくるという話が広まった。どの皇女を娶るのかといった内容は市民にも受け、それまであまり知られていなかった皇女一人一人の人となりが知れ渡るようになった。皇帝が言い出したこともあり、賭博場では隣国の王子がどの皇女と婚姻するか大々的な賭け事となって賑《にぎ》わっている。下馬評では十六歳以上の皇女が人気で、特にアドリアーヌとスザンヌ、ベロニカが票を稼いでいる。

「信じられませんわ！」

自分たちの存在が平民の賭け事になっていると知り、一番怒り狂ったのはアドリアーヌだ。矜持《きょうじ》の高い彼女は、唇を噛みすぎて血を滲《にじ》ませている。朝食の席でも毎日のように怒りを吐くので、飯が非常に不味い。無論皇帝がいる席では我慢しているが、いなくなったとたん、目が吊《つ》り上がる。

「平民ごときが……っ、私を賭け事に使うなんて……っ、ああ、忌々しいっ」

アドリアーヌが憤っている一番の原因は、自分がトップにいないことだ。平民の間では可愛らしいと評判のベロニカが一番人気で、かしこいと噂のスザンヌが二番手、美人だがわがままな女性と知られているアドリアーヌが三番手だ。

「お父様が認めてしまったのですもの。仕方ありませんわ」

ベロニカはまるで人気投票で一番になったように、誇らしげだ。アドリアーヌは恨めしげにベロニカを睨みつけ、皇女たちは一様に不安そうに顔を見合わせる。スザンヌは他人事《ひとごと》みたいに話に加わっていなかったが、内心は忸怩《じくじ》たる思いがあるだろう。

「アンティブル王国の第三王子は、見目もよく、剣の腕も立ち、国民人気も高いそうだ。入手した姿絵があるのだが、見るかい？」

リドリーは朝食を終えると、からかうような声で食堂にいた皇女たちに話しかけた。すると皇女たちがいっせいにリドリーの傍に寄ってきて、目をぎらつかせる。スザンヌやアドリアーヌは寄ってこなかったが、側室は気になるようでにじり寄ってきた。

「シュルツ」

食堂の出入り口に立っていたシュルツを呼ぶと、シュルツがすぐに近づいてきて、懐から丸めた羊皮紙を差し出す。リドリーはそれを開いて、皇女たちに見せた。使節団の者たちに第三王子の特徴を思い出させ、似顔絵描きに描かせたのだ。これは後で新聞社に渡して、記事にしてもらうつもりだ。

「まぁ……あら」

「わぁ、なかなか」

「けっこう素敵じゃありませんこと？」

皇女たちは第三王子の顔を初めて知るので、予想以上に美男子でそわそわしている。皇女の反応がよかったせいか、アドリアーヌが気になったように寄ってきた。

「はい、終わり」

リドリーはアドリアーヌが見る前に羊皮紙を丸めて、シュルツに手渡した。アドリアーヌが苛立ったように頬を膨らませる。

「第三王子はなかなかの美丈夫らしい。がんばって射止めるといい」

リドリーは颯爽《さっそう》と食堂を出ながら、皇女を焚きつけた。敵国、弱小国と馬鹿にしていた皇女も考えを改めたようだ。特にベロニカは頬を赤くして、夢見がちな顔つきになった。

リドリーはシュルツと共に食堂を出ると、持っていた姿絵を近衛騎士に渡し、新聞社へ持っていくよう指示した。情報を小出しにしているせいか、市民は国交回復に関して徐々に盛り上がりを見せている。歓迎ムードを高めるためにも、催し物は大々的に行いたい。

「皇子、馬車の用意が整いました」

エドワードが近衛騎士の制服姿で現れ、一礼する。今日は商業ギルドのギルド長と謁見する予定がある。第三王子が来るのに合わせてする催し物は、商業ギルドに任せるつもりだ。

「ギルド長に来てもらえばよかったのでは？　わざわざ皇子自ら足を運ぶなんて」

護衛していた近衛騎士のグレオンが戸惑い気味に言う。皇族の多くは用がある場合相手を呼びつけるようだが、リドリーは日程が合えば自ら赴く。理由は簡単で、これまでひきこもりだったベルナール皇子のイメージを変えるためだ。

「俺は顔を売りたいからね。お前たちには気苦労をかけるが」

リドリーはシュルツとエドワード、近衛騎士数名を伴って皇宮を出た。最近はよく出歩くので、門番も慣れてきて顔を見ただけで門を開けるようになった。

「その後、皇子を狙う暗殺者は現れませんね」

常にリドリーの身を案じているシュルツが、周囲を窺って囁く。

リドリーが仕向けた暗殺者である『鷹《たか》』の問題が解決した後、リドリーの前にその手の輩《やから》が現れることはなくなった。だが、油断はできない。リドリーは目立ちすぎた。今度は力をつけてきた皇子を、邪魔に思う帝国内の政敵が命を狙ってくる可能性が出てきたからだ。唯一の直系男子とはいえ、これまでベルナール皇子は跡継ぎにふさわしくない姿を見せてきた。その皇子が急に政治や社交界に躍り出たので、邪魔に思う者も増えてきた。

そして、実際にその問題は数日後に起こった。


その日の夕刻に騒ぎは起きた。事件が起きた頃、リドリーは執務室で書類仕事をしていた。リドリーが国政会議に参加するようになり、皇子として執務が増えた。これまでベルナール皇子は執務を拒否していたが、帝国の内情に触れることのできる執務業は、リドリーにとって願ってもない情報源になる。喜んで執務に励んでいると、その能力の高さにいくつもの仕事が回ってくるようになった。そんな折、宰相が重苦しい雰囲気で現れた。

「ベルナール皇子、いささか問題が起きました」

宰相は黒いローブ姿で、げっそりとした頬をして言う。何事かと執務の手を止めると、リドリーの夕食に毒が入っていた騒ぎが起きたという。幸いメイドのスーが食材の色が変色しているのに気づき、料理長に戻して事が発覚したのだそうだ。

「皇子の食事に毒を……っ、犯人は捕まえたのか？」

シュルツは話を聞くなり気色ばんで、宰相に摑みかかる勢いだ。今日は仕事が押していて、食事の時間に間に合わなかったのだが、それが功を奏したらしい。

「不審な動きをしていたメイドを捕まえたのですが、そのメイドがベルナール皇子のところのメイドなのです」

宰相に言われ、不審な動きをしていたメイドが、最近新しく雇ったメイドだというのが分かった。

「ふむ、それで？」

新入りのメイドが夕食に毒を入れたということは、誰かに金で頼まれたか、脅されたかといったところだろう。皇宮のメイドは給金もいい。わざわざ問題を起こすには大きな理由があるはずだ。

「その新入りのメイドは、メイド長のスーに脅されてやったことだと言っております」

宰相が困った様子な理由が分かり、リドリーも呆れた。

「すぐにメイド長のスーに問いただしましたが、自分は無関係だと主張しております。現在のところ問題のメイドとメイド長、念のため料理長も拘束しております。調理と運搬に関わった者も全員部屋に謹慎させていますが、いかが致しますか？」

リドリーはポケットの懐中時計を確認した。時刻は午後七時。予定ではいつも七時に部屋で夕食をとっている。

「メイド長のスーがそのような真似をするとは思えない」

シュルツは断固とした口調で言う。スーがシュルツからも信頼を得ているのを嬉《うれ》しく思いつつ、リドリーは腰を上げた。

「主犯のメイドに会いたい」

リドリーは執務の手を止めて、デスクを回り込んだ。宰相も頷いて、拘束しているメイドの元へリドリーを案内した。

メイドは以前シュルツも入牢していた北の塔の地下に捕らえられていた。塔に行く途中、宰相からは毒はすぐに死ぬほど強力なものではなく、長い間常用すると死に至るネグサという植物が含まれていたと聞かされる。半年くらい常用すると、危険だそうだ。もしかしたらこれまでの食事にも混入していたかもしれない。

「たとえ微弱な毒であろうと、皇族の食事に異物を混入させるなど言語道断です」

エドワードは毒に関してなみなみならぬ憎悪があるのか、珍しく声高に非難する。

リドリーは宰相とシュルツ、エドワードを伴って地下牢に下りた。肝心のメイドは、薄暗がりの牢の中、ずっと泣いていたらしく、リドリーたちが現れると、嗚咽《おえつ》して土下座した。

「お、皇子、申し訳ありません！　このような騒ぎになるなんて思わなくて……っ、私は脅されて仕方なくやっただけで……っ」

メイドの子はボブカットに垂れ目の、少女といってもいい年齢だった。まだ入ったばかりで見習いとして働いている。

「スーに脅されたというが、本当か？」

リドリーは膝を折って、メイドの娘に目線を合わせて優しく聞いた。メイドの娘は涙ながらに両手を組んだ。

「そ、そうです！　香辛料だからと言われました！　メイド長のスーさんが……っ」

メイドの娘は本当にその程度のものだと信じてやったらしい。新しく入ったメイドの身元は全員調べたが、特に問題のある者はいなかった。

「そうか、残念だな」

リドリーは悲しそうに目を伏せた。

「いたずらのつもりでやったのだろうが、このような騒ぎになった以上、お前は打ち首だろう。まだ若いのに哀れなことだ。メイド長のスーと一緒に、あの世で悔いるといい」

「え……」

メイドの娘の顔色がサッと変わり、哀れなくらいぶるぶると震えだす。

「う、嘘《うそ》……です、よね？　本当に香辛料だって言われたんです！　毒なんて言われてません！」

「誰に？」

リドリーは微笑みを浮かべ、メイドの娘の目を覗《のぞ》き込んだ。ぎくりとしてメイドの娘がエプロンの裾を握る。

「異常に気付いたのはスーだ。自分が指示したなら、途中でやめたりしないだろう。正直に話せば、処刑は撤回できるかもしれない。本当は、誰に頼まれた？」

やんわりとした口調で問いただすと、メイドの娘の視線が泳いだ。口をぱくぱくさせ、動揺している。

「お前は働き始めてまだ一カ月程度だろう。働く前に指示されたとしか思えない。か弱そうな娘だが、ここで黙っていると拷問という手もあるぞ。言っておくが、拷問された段階で、最終的に待っているのは死しかない。お前をそそのかした者はお前を助けると言ったかもしれないが、皇宮でお前を助けられる者などいない。そもそもスーみたいな若く力のないメイド長に脅されたくらいで、新入りのメイドが毒など入れるか？」

リドリーが憐《あわ》れむように言うと、メイドの娘の血の気が引く。

「拷問だが、最初はすべての爪を剝がすそうだ。次は足の爪を全部。そうして右手の小指から順にぽきぽきと折っていくのだよ。さて、か弱いお前はどこまで耐えられるかな？」

煽るように言うと、メイドの娘が失神寸前になった。本格的な暴力など受けたことのない少女だ。リドリーの拷問話に完全に前後不覚になった。

「可哀想《かわいそう》に。だが、正直に話さないのなら仕方ないね。誰にそそのかされたか知らないが、お前は使い捨てられたのだよ」

「で、でも、あの方は……っ、私を必ず助けると……っ」

リドリーの話術に釣られて、メイドの娘が口走る。そこで何かに気づいたようにハッとして身体を強張《こわば》らせる。

「あの方は――何と言ったのかな？」

リドリーはメイドの娘の口走った言葉を聞き逃さず、目を細めた。宰相も後ろにいたシュルツとエドワードも空気を張り詰めさせる。メイドの娘が「あの方」と呼ぶ以上、貴族以上の家柄だと考えられる。しかも、この皇宮で起きた事件で揉《も》み消せる力を持った者――。

メイドの娘も自分が迂闊《うかつ》な発言をしたと気づき、顔面蒼白《そうはく》で口元を手で覆った。

「この俺の食事に異物を混入させた以上、俺は下手人を殺す正当な理由があるというわけだ。今、この場でお前を殺してもいいんだが」

リドリーは一転して厳しい声を上げ、エドワードに手を差し出した。エドワードは持っていた剣をリドリーに手渡す。リドリーは鉄格子の隙間から、剣先をメイドの娘に向けた。

「ひっ！」

メイドの娘は真っ青になって、奥へ引っ込む。メイドの娘は混乱したように髪を掻《か》き乱し、泣きじゃくる。

「お許し下さい！　本当に香辛料って言われたんです……っ、何か問題になっても、助けてくれるって……っ、ミ、ミレーヌ様がそう……っ」

メイドの娘の口から飛び出した名前に、この場の空気がぴりっとなった。リドリーは剣をエドワードに返し、すっと立ち上がった。宰相は頭を抱えて、事態の重さにおののいている。

ミレーヌ妃が、リドリーの食事に微量の毒を混ぜていたとなれば、大問題だ。

「お前とミレーヌ妃には関係があったのか？」

リドリーは鋭く視線を向け、問うた。

「うう……っ、わ、私の父方の遠い親戚がミレーヌ様の家門です……っ、ミレーヌ様には恩があって、両親は逆らえなくて……っ、私は嫌だって言ったのに……っ、メイド長のせいにすれば大丈夫だって言うから」

メイドの娘もこれ以上黙っているのは無意味と判断したのか、うなだれて泣きながら答える。

「ミレーヌ妃が……っ」

シュルツは怒りのあまり凶悪な空気を発している。リドリーはシュルツが飛び出していかないように、エドワードに目配せした。シュルツより冷静さを保っているエドワードは、わずかに後ろに身体をずらした。

「ミレーヌ妃から命じられた証拠はあるか？」

リドリーは念のため、尋ねた。

「そ、それは……、……」

メイドの娘は床にうずくまって泣き続ける。おそらく証拠はないだろう。ミレーヌ妃は証拠を残すほど馬鹿ではない。

「証人のみ、というところだな。宰相、このメイドはどこかに匿《かくま》うべきだと思うがどうだ？」

ミレーヌ妃がこの事態を知ったら、メイドの娘の命を脅かすかもしれない。証拠はないが、証人として生かしておきたかった。メイドの話によれば、毒を入れたのは今日が初めてだったという。これまで摂取していなかったと聞き、安堵した。

「そのほうがよいでしょう。ミレーヌ様には知られないよう、ひそかに別の場所へ移動させます。裁判になったとしても、証人だけでは事件を立証するのは難しいかと。例の毒物について調査させます。流通のどこかでミレーヌ様が関与している証拠が出てくるかもしれません」

宰相はどっと老け込んだ様子で言い、リドリーも近衛騎士に手伝うよう指示を下した。

「後のことは頼んでいいか？　スーに会っておきたい。無論、スーはもう解放していいな？」

リドリーが宰相の肩を叩いて言うと、快く許可が出た。宰相はこのことを皇帝陛下と皇后には伝えるとしたが、それ以外は箝口令《かんこうれい》を敷くことに決めた。リドリーもそれに異存はなかった。

証拠もない段階でミレーヌ妃を責め立てる真似をしたら、こちらが足元をすくわれかねない。

「皇子に毒を盛ろうなど……っ、断じて許せる行為ではありません」

シュルツは飛び出していきはしなかったものの、かなり怒り狂っていて、物騒なオーラを発している。

「ミレーヌ様がこのような暴挙に出るなど……、それほどスザンヌ様を女帝にしたかったのでしょうか」

塔を出る間際、エドワードも信じがたいと言わんばかりに首を振った。これまでベルナール皇子はひきこもりで政敵にもならない存在だった。だからミレーヌ妃も手を下さなかったのだろう。リドリーが入れ替わって注目を集めたので、早急に始末する必要が出たのだ。野心家の側室はどこにでもいる。

「お前たち、ミレーヌ妃の前では顔に出すなよ。変に言いがかりをつけたら、逆に取って食われるぞ」

リドリーはシュルツを始めとする近衛騎士に重々言い聞かせた。皆重苦しい顔つきで頷いている。

「よりいっそう、皇子の身辺に注意を払います」

シュルツが胸に手を当て、エドワードも「その通りですね」と深く頷いた。もしここにいる自分が死ぬような目に遭ったら、この先ずっとアンティブル王国にいる自分の身体にはベルナール皇子が入っていることになる。そんな恐ろしい状況は生み出したくない。

リドリーはシュルツとエドワードを伴って、スーが閉じ込められている一室に赴いた。

「皇子！」

スーは衛兵によって監禁されていたが、拘束もされていなかったし、元気だった。リドリーが事情を話し、スーの無罪が確定したと明かすと、衛兵も一礼して去っていく。スーが閉じ込められていたのは、空いている使用人部屋だった。狭く埃《ほこり》っぽい部屋で、薄汚れた寝台だけが置いてある。

「皇子……このような事態を招き、本当に申し訳ありません……」

スーは部屋を出る前に、埃だらけの床に土下座して涙を流した。

「スー、お前が俺に毒を入れるような真似をするはずがないことくらい、最初から分かってい

る」

リドリーが立ち上がらせようとすると、スーはぽろぽろと目から大粒の涙をこぼした。

「いいえ！　私の責任です！　私が……私が以前いたメイドを仕切れなかったから……だから

新しいメイドを雇い入れることになって、こんな事態を招きました……っ」

スーが大きな後悔を抱えているのが、リドリーにも分かった。スーは異常に気付いたものの、

自分が犯人とされて、何が起きたかずっと考えていたのだろう。

「まさか辞めるとか言い出さないだろうな？」

リドリーが怯《おび》えて呟くと、スーが両手で涙をごしごし擦《こす》る。

「いいえ！　皇子、私が間違っておりました！　どうか、以前働いていたメイドを戻して下さ

い……っ、彼女たちは、性格はすごい悪かったけど、皇子の身を危険にさらす真似だけはしないはずです……っ。だってベテランのメイドなんですから！　私、強くなって彼女たちをちゃんと仕切りますっ」

スーがリドリーの目を真正面から見て、言い切った。新しいメイドを雇い入れて、スーはメイド長として張り切っていた。仕事の未熟なメイドを根気強く教えているのを知っていたし、いじめがなくなってのびのびとしていた。

けれどスーは何が一番大切か気づいたのだろう。自分のことより、主人である皇子の命を守ることこそ大事だと分かったのだ。――こういう人間が典型的な仕事馬鹿になる。

「スー、お前が成長したようで嬉しいが、せっかく皇宮勤めができて喜んでいるあの子らを？」

リドリーはからかうように言った。とたんにスーの顔色が悪くなり、脱力して床にうずくまる。

「そ、そうです……よね、前のメイドを戻すなら今のメイドを解雇……。うう、そんなひどい、うわーん、どうすればばっ⁉」

スーはせっかくの決意に穴があったと気づき、混乱している。うろたえるスーが可愛くて、リドリーは笑ってその頭を撫でた。

「以前働いていたメイドの数名を戻そう。全員がお前を馬鹿にしていたわけではないようだしな。ベテランのメイドがいれば、お前の仕事も楽になる」

　リドリーが優しく言うと、スーが安堵して何度も頭を下げた。

「それにしてもよく気づいたものだ。お前の手柄だぞ。入っていた毒は弱いもので、きっと俺は気づかなかっただろう。よくやったな」

　リドリーはスーを部屋から出して、褒め称えた。シュルツとエドワードも同じ気持ちで頷く。

「はい、それは毎回気をつけていましたから。皇子の食事は一番重要な仕事です」

　聞けばスーは昔から皇子の食事に関しては何度もチェックを欠かさないそうだ。仮に毒を入れられていたら自分が処刑されるからだろう。料理長とも懇意にしていて、ことさら気を配っていたようだ。

「今日はもう休んでいいから、部屋に戻れ。明日、戻すメイドに関して話し合おう」

　リドリーはスーを使用人部屋の前で帰した。皇宮で働くメイドには宿舎があり、そこで寝泊まりしているのが常だ。ちなみに侍女は通いなので、定時になると馬車で帰っていく。

（ミレーヌ妃がもう手を下してくるとはな。何か事を起こすなら、皇太子になってからだと思っていた）

　今回の事件は、リドリーにとっても気を引き締める結果になった。皇族同士の争いについて考えていなかったわけではないが、どこか油断していたのだろう。他人の身体に入っている間に殺されたらたまったものではない。

ミレーヌ妃からすれば、これ以上皇子が手柄を立てるのは面白くないはずだ。国交回復で隣国の王子一行が来るのは、その手柄をへし折る好機と見るだろう。予定より警備体制を強化しなければならないとリドリーはため息をこぼした。

毒を入れようとしたメイドは、ひそかに皇宮から連れ出され、宰相が安全な場所に匿うことにした。事件は皇帝陛下と皇后に伝えられたが、ショックを受ける皇后と違い、皇帝陛下は眉一つ動かさず、冷静だったと宰相は明かした。むしろ面白がっていたかもしれない。政権争いは皇帝にとって余興の一つだ。入れられた毒について調査はされたが、その流通の過程でミレーヌ妃が関わっていたという証拠は出てこなかった。

リドリーはアンティブル王国の王子を招くに至って、警備体制を厚くし、魔塔主に魔法士を何人か寄こすよう依頼した。第三王子が来るのに合わせて、皇都では祭りが行われ、広場にはたくさんの出店がでる予定だ。地方から人も来るだろうから、魔法士には不測の事態に備えてもらいたい。そう思って要請したのだが、何故か第三王子が来る前日になって現れたのは、魔塔主のレオナルドだった。

「魔塔主は暇なのか？　いや、ありがたいけど」

力のある魔法士が四、五人くらい来てくれたらいいと思っていたのに、レオナルドは十人ほどの魔法士を引き連れてやってきた。

「皇子の活躍の場ですから、俺がいなければ。何か起きてあなたの魔法が見られるかもしれないし」

レオナルドは嬉々《きき》として言う。リドリーが魔法を使う事態は、かなりやばい事態なので遠慮しておきたい。予定より多い人数の魔法士が現れ、急遽《きゅうきょ》空いていた睡蓮宮《すいれんきゅう》に魔法士を置くことにした。皇宮内は迎え入れる王家の準備で大忙しだ。第三王子一行はすでに境界線を越えて帝国に入っていて、予定では明日皇都に辿り着く。帝国の迎えの騎士団はもう出発していて、鳥を使った連絡によると順調に進んでいるそうだ。

「隣国との国交回復のために、王子一行に危害を加える怪しい者がいたら教えてほしい。あと、万が一の場合には治癒魔法をお願いしたい」

レオナルドとは私室で細かい打ち合わせをした。皇子専用の応接室は、ベルナール皇子は一度も使ったことがないらしく、ほとんど物が置かれていない。長テーブルにスーが運んできたお茶とクッキーが置かれ、リドリーはレオナルドを向かいの長椅子に座らせた。部屋の出入り口付近にシュルツが控えているだけで、部屋にはリドリーとレオナルドだけだ。扉の外には近衛騎士が数名いるが、レオナルドとの会話はあまり人に聞かれたくなかったので、追い出した。レオナルドが連れてきた魔法士の半分は治癒魔法を使える者だった。ありがたい配慮だ。

「ふむ。これは我々が森を探索する時に使う手だが、何かあったら発煙筒で連絡し合う。魔物が出た場合は赤い煙が出るものを、黄色い煙は全員集合、白い煙は強力な敵がいると知らせるものだ」

レオナルドは魔塔で使っているという発煙筒を見せて提案してくれた。それは分かりやすいとリドリーも納得して近衛騎士の伝令係に持たせることにした。当日の警備体制について情報を分かち合い、第三王子が通る道を確認した。翌日には夜会が行われ、三日目には皇都を案内することになっている。第三王子一行は予定では一週間ほど滞在する。最終日に、どの皇女と婚姻するか決めるのだ。

「……ところで、君」

一通り話し合いが終わったところで、レオナルドが興味深げに壁際に立っていたシュルツに近づいた。

「何か術がかかっているな……」

レオナルドがこっそりとシュルツに囁く。シュルツの目が見開かれ、かすかに身体が固くなった。ふつうの人ならば気づかないだろうが、魔塔主であるレオナルドはシュルツに何か術がかかっているのを見抜いた。それがリドリーのかけた術だと気づくだろうかと慎重に窺っていると、レオナルドはちらりとこちらを振り返った。

「ははぁ、これが例の加護……か？」

レオナルドはますます興味を惹かれたように声を上擦らせる。ムッとしたようにシュルツがレオナルドを睨みつけた。さすが魔塔主であるレオナルド、お見通しだ。

「まさか君は皇子の奴隷なのか？　しかし、見た感じ、そこまでひどい扱いを受けているようには見えない……。いや、君の皇子へのなみなみならぬ忠義心……、そうか、それは術によるものなんだな」

シュルツの頭からつま先まで眺め、レオナルドがぽんと手を叩いた。とたんにシュルツが気色ばみ、剣の柄に手をかける。

「言葉遣いに気をつけろ、私の皇子への忠誠は術によるものではない」

聞いたことのない恐ろしい声でシュルツがレオナルドを威嚇する。さすがのレオナルドも驚いて身を引いたほどだ。ソードマスターであるシュルツの威嚇は、一般人には鳥肌ものだ。

「これは失礼。だが……」

レオナルドは失笑して、口元に手を当てる。シュルツの過剰な反応は術によるものだと言いたかったのだろう。リドリーも実際、思った。やはりシュルツが自分を慕うのは、術が効いているとしか思えない。本人が否定すればするほどに。

「術には制約があって、解きたくても今は解けないんだ」

仕方ないのでリドリーはレオナルドにそう告げた。新しく誰かを奴隷にすれば、誰か一人を加護の支配下から解放できる。だが、問題は、その誰かを選べないことだ。解放される人間はランダムなので、シュルツだけを支配下から解くことはできない。

「あなたの加護は面白いなぁ。ソードマスターにも通じるということか」

レオナルドはおもちゃを手にした子どものように、シュルツに馴《な》れ馴《な》れしく触りだす。シュルツのこめかみが引き攣り、本気で剣を抜きそうだったので止めておいた。

「なぁ、本当にあなたは何者なんだ？　雷に打たれた日から別人みたいだという話だけど、本当に別人ではないのか？　俺はひきこもりだった頃のあなたに何度か会っているけれど、とても同一人物とは思えない」

話が一段落すると、レオナルドはあの手この手でリドリーから秘密を聞き出そうとする。鑑定結果が出たのに、まだ納得いかないらしい。本当に別人だと知ったらどうする気だろう。

「以前の記憶はおぼろげなんだ。昔の自分がどうだったか、覚えていない」

リドリーは素知らぬ顔で答えた。ついでにシュルツに目配せして、レオナルドを追い出すよう合図を送る。

「レオナルド殿、そろそろお時間ですので」

シュルツはレオナルドの腕を取り、強引に向きを変えた。まだ居残る気満々だったレオナルドは「ちょっと待てっ」と抗《あらが》いつつ、無理やり部屋から追い出された。あまり長く話していると危険な男だ。あらかじめシュルツに合図を教えておいてよかった。

「……皇子」

レオナルドがいなくなってリドリーが緊張を弛めて長椅子に寝そべると、物憂げな様子でシュルツが戻ってきた。

「皇子、私は」

何か言いたそうにしているシュルツを遮るように、ノックの音がした。扉の外から「皇子、入ってよろしいでしょうか」と近衛騎士の声がする。

「入れ」

リドリーが長椅子から立ち上がって言うと、衛兵の制服を着た男性が次々と入ってくる。書類の積み重なった机の前に座ると、リドリーに対して一礼し、いくつかの報告をする。第三王子を迎える準備で衛兵も忙しい。

「皇子、第三王子を迎える夜会の花の手配が足りないのですが、いかがいたしましょう？」

衛兵の一人が困ったように言う。

「母上の宮で咲いている花を融通してもらえ。すでに話は通してある」

あらかじめ想定した内容なので、リドリーはよどみなく答えた。

「会場の警備人数で不足している場所があるのですが」

もう一人の衛兵が、地図を取りだして指示を仰ぐ。

「魔法士を手配してもらうから、新たな人員を増やすな」

衛兵の持ち込む問題を次々と処理しているうちに、今度は近衛騎士のエドワードとジンがやってくる。衛兵が部屋を出ていくのを見計らい、ジンが口を開く。

「例のメイドが皇宮から消えた件をミレーヌ妃が知ったようですが、何も動きはありません。皇女様も同じです」

リドリーについている近衛騎士にはメイドが毒を混入しようとした件を明かしてある。疑わしいのがミレーヌ妃であることも。ミレーヌの動向を注意深く見守るよう指示していたが、けっこうな女狐《めぎつね》だったようだ。

「水面下ではどうか分からないが、表向きは平然としているなんて、賢いな」

リドリーは小さく笑って首を撫でた。

「ただ第三王子を迎える晩餐会《ばんさんかい》には、ミレーヌ妃の父親であるバルカン伯爵も出席します。その際に個人的に会談する可能性もあるでしょう」

エドワードは晩餐会ではミレーヌ妃の傍を見張る近衛騎士が必要と説く。その件に関してはエドワードに任せた。メイドが消えたと知り、ミレーヌ妃はその件に関して父親と話したいだろう。

「引き続き、注意して見ていてくれ。怪しい動きがあったら報告しろ」

積み重なった書類を手に取り、リドリーは淡々と告げる。するとエドワードが気になったように目を細めた。

「皇子、ずっと不思議だったのですが、何故そのように淡々としてられるのでしょうか？　皇子の身に危険が迫ったというのに。まるで他人事のようです」

　エドワードに問われ、リドリーは内心ぎくりとした。確かに毒の事件の際もリドリーは特に焦ることも怒ることもなかった。エドワードは動じないリドリーに疑問を抱いている。

（だって他人事だもんね……）

　心の中で心情を吐露し、リドリーは咳払いした。毒殺未遂は重大な事件だが、それは自分ではなくあくまでベルナール皇子だという感覚があったかもしれない。

「俺の口にするものは全部毒見係を経ているからな」

　リドリーが書類に署名しながら言うと、エドワードがかすかに眉根を寄せた。

「しかし今回の毒は微量で、ずっと摂取し続けたら危険なものでした。毒見係は一人ではありませんし、もしメイド長が気づかなかったら……」

　エドワードのさらなる疑問にリドリーは苦笑した。エドワードは剣の腕も確かだが、頭脳も悪くない。

「昔、食事の中に虫が入っていた時にあれほど大騒ぎしたのに、不思議でなりません」

　過去の記憶が過《よぎ》ったのか、エドワードが余計な話を持ち出してきた。

「そうですね、確かにあの時は大変でした」

　ジンも思い出したのか、笑いをこらえるように口元を手で押さえる。察するにベルナール皇子が、食事の中に虫がいるのを発見して騒ぎ立てたのだろう。このまま話が続くと、疑惑を招きそうで、リドリーは大げさに咳払いした。

「ではまた大騒ぎして、皇子をからかう不届きな近衛騎士をクビにしていこうか？」

にっこりして脅すと、ジンが青ざめて背筋を正す。

「と、とんでもないです！　報告は以上になります！」

ジンが敬礼して、リドリーは任務に戻るよう促した。エドワードはそのまま部屋に残り、リドリーの護衛騎士としての役目を果たす。

何か言いかけていたシュルツは、エドワードがいるせいか、黙って任務についている。レオナルドに術をかけられていると言われ、シュルツなりに葛藤《かっとう》があるのかもしれない。シュルツのことは気になったが、第三王子を迎える準備で手一杯だった。山のようにある問題を一つ一つこなしていき、リドリーは第三王子の来訪を待ちわびた。

◆4　第三王子来る

アンティブル王国から来た第三王子一行が皇都に入ったという知らせを受けたのは、私室で朝食をとっている最中だった。今朝の食事はサラダとパンケーキ、果物というあっさりしたものにしてもらった。メイド長のスーが淹《い》れるお茶は香りがよく、スーの血色もいい。あれからスーと相談して、メイドのアネットとコリンだけ戻すようにした。二人とも年配のメイドに逆らえずスーのいじめを見て見ぬふりをしたので、今回だけ許すことにした。あの時異動させたメイドたちは皆、使用人に降格させられて下っ端仕事に就く羽目になった。リドリーが指示したわけではないが、人事部の責任者が忖度《そんたく》して嫌がりそうな仕事場に回したのだ。そのせいで半数は辞職したそうだ。

「とうとう第三王子が来るのですね。どのような方なのでしょう?」

スーはリドリーの空になった茶器に新しいお茶を注いで言う。

「噂《うわさ》では、なかなかの好人物であるらしい」

リドリーは微笑《ほほえ》みを浮かべて答えた。そんなまったりした雰囲気のところへ、伝令係はやってきたのだ。そして伝令係は、汗を流して信じがたい発言をしてきた。

「第三王子は馬車を降りて、馬に乗って皇都を練り歩いております」

伝令係の発言にリドリーは、お茶を噴き出した。

「は……？　よく聞こえなかった、もう一度言え」

リドリーはスーが手渡してきたハンカチで口元を拭い、こめかみを引き攣《つ》らせた。くわしく話を聞くと、第三王子はどんな顔なのだろうと街道に帝国の市民が押し寄せ、それに応えるように第三王子は馬車を降りて馬上から市民に手を振って皇宮に向かっているという。

「あの馬鹿が……っ」

リドリーが思わず小声で悪態をついたのも無理はない。まだ国交回復半ばだというのに、騎馬でゆっくり進むというありえない行動。自分が殺されるかもしれないという不安はないのだろうか？　第三王子を快く思っていない市民がいたら、石を投げつけることだって考えられるのに。第三王子の人となりはよく知っている。大胆で人好きのする男だ。自分の外見が人目を惹《ひ》くのを分かっていて、帝国の市民に愛想を振りまいているのだろう。

「あ、あの……、お止めしますか？」

報告をした伝令係に怯《おび》えて聞かれ、リドリーは大きく呼吸をした。

「いや……、騎士団はついているんだろうな？」

苛立《いらだ》ちを抑えるために大きく息を吐き出し、リドリーは立ち上がって隣の部屋へ移動した。

スーが朝食の後片付けを始める。伝令係はリドリーについてきて「もちろんです」と答える。隣室にはリドリーに礼服を着せる侍女がいて、リドリーを待ち構えている。

「ならいい。アルタイル公爵の判断に任せよう」

騎士団を指揮するアルタイル公爵なら、緊急時にも冷静な判断ができるだろう。リドリーは気を取り直して侍女の前で着ていた衣服を脱ぎ去った。すぐさま侍女が礼服用の一式をリドリーに着せていく。髪を整え、この日のためにあつらえた礼服のジャケットを着せ、タイを結ぶ。着替えを終えた段階でシュルツとエドワードがやってきて、リドリーの前に跪《ひざまず》く。来賓の出迎えもあって、近衛《このえ》騎士もいつもの制服にマントを着用している。

「近衛騎士、全員揃《そろ》いました」

シュルツが顔を上げて言うと、リドリーも大きく頷《うなず》いた。

「吊《つ》り橋のところまで第三王子を出迎えに行くから、シュルツは近衛騎士を配置するように。エドワードは俺と一緒に来い」

「了解しました」

シュルツとエドワードが声を揃えて立ち上がり、シュルツは近衛騎士をまとめるために部屋を出ていく。リドリーの護衛騎士であるシュルツとエドワードには、今日はいくつもの仕事を任せている。特にエドワードは使節団として赴かせただけに、アンティブル王国と顔合わせする際には傍《そば》にいてもらわなければならない。

皇宮内は慌ただしい雰囲気に包まれている。使用人たちは最終チェックに余念がなく、皇女たちも着飾るのに忙しい。宰相や補佐官と最後の確認を終えると、リドリーはエドワードを伴って皇宮の正面扉から外に出た。

第三王子を迎える頃には、季節は初夏になっていた。すがすがしいくらいの晴天と心地よい風で、皇宮の花の香りも漂ってくる。リドリーは皇宮前の大階段を降り、待ち構えていた近衛騎士と合流した。近衛騎士は全員きちんと制服を着こなし、背筋を伸ばしている。皇宮の周囲には濠《ほり》が作られ、三カ所だけ吊り橋がかかっている。緊急時にはこの吊り橋は跳ね上がり、外敵を拒絶する。

皇都と皇宮を繋《つな》ぐ吊り橋は一番大きく、来賓を出迎えるのはこの橋というのが基本だ。

リドリーは吊り橋を渡り切ると、近衛騎士を左右に配置し、第三王子の来訪をこの場で待った。歓声が聞こえてくるから、どうやら第三王子は近くまで来ているようだ。

（ノリノリだな）

第三王子とそれを護衛する騎士団、魔法士が視界に入ってきて、リドリーはかすかに頭痛を覚えた。盛り上げを仕掛けたのは自分だが、第三王子のお調子者ぶりに不安になってきた。

「やぁ！　お初にお目にかかる！　アンティブル王国の第三王子、アーロン・ド・クラークだ」

馬に乗っていた青年がすらりと降り立ち、意気揚々と名乗ってリドリーに近づいてきた。背の高いブルネットの長髪を後ろで縛った青い瞳の男性だ。肩幅があり、引き締まった肉体で、アンティブル王国の礼服を身にまとっている。王子が先行していたので、侍従や護衛騎士が慌てて追いかけてくるのが見えた。第三王子を護衛してきた騎士団の騎士は安堵《あんど》の表情で整列する。

「サーレント帝国第一皇子《おうじ》のベルナール・ド・ヌーヴだ。お会いできて光栄だよ」

近づいてきたアーロンに、リドリーは優雅に微笑み挨拶を交わした。お互い身分は同列なので、この場合敬語は必要ない。するとアーロンはおかしそうに笑って、いきなりリドリーの手をがしっと握った。

「此度《こたび》の件、大変嬉しく思う。いやぁ、帝国の皇子とは仲良くなれそうだなぁ！」

はっはっはっと大笑いして、アーロンがぶんぶんと握った手を振った。相変わらずの快活な様子にドン引きした。アンティブル王国内でも礼儀とは無縁の男だったが、まさか帝国でもそれを崩さないとは思わなかった。ニックスから自分の正体を聞いているせいだろうか？　皇族の身体《からだ》に勝手に触れるのはマナー違反だ。王族なんだからそれくらい知っているはずなのだが。

「こちらこそ、我が国に来ていただき光栄のいたりだ。両国の友好のために、よい出会いとなるのを願っている」

握られた手を無理やり解《ほど》き、リドリーは貼りついた笑みを浮かべた。

「さぁ、どうぞ中へ。皆、待っている。まずは皇帝陛下へ謁見を」

アーロンを橋へ誘導し、リドリーは周囲をちらりと見た。騎士団はアーロンを皇宮へ護衛したことで一旦解散となる。この後アーロンを守るのは、近衛騎士だ。

「やぁ、エドワード殿。その節はありがとう」

アーロンはリドリーの後ろに控えていたエドワードに気づき、気安く声をかける。

「アーロン王子、再びお目にかかれて光栄です」

エドワードは麗しい笑みと共に一礼する。

アーロンは物珍しげに皇宮内を見回した。アンティブル王国と建築方式は似ているが、帝国の建物のほうがよりゴシック形式だ。皇族の権威を高めるためか、ごてごてした彫り物がやたら建物に飾られている。

リドリーはアーロンを奥にある謁見の間へ招いた。大きな扉の前には槍《やり》を掲げた衛兵が立っていて、リドリーとアーロンが前に進み出ると、大きな扉を左右に開けた。謁見の間が視界に入り、奥の玉座に皇帝陛下と皇后が、その一段下の段に皇女と側室がずらりと並んでいるのが見える。アーロンが帝国の貴族と会うのは、晩餐会《ばんさんかい》の時なので、この場には近衛騎士と皇族しかいない。

「アンティブル王国の第三王子、アーロン様をお連れしました」

リドリーはアーロンを伴って玉座の前まで行き、跪いて皇帝に申し出た。アーロンも膝をつき、王族の礼に則る。

「帝国の太陽に拝謁賜ります。アンティブル王国第三王子、アーロン・ド・クラーク、此度の両国の発展のために喜んで参りました」

先ほどは礼儀を知っているか心配だったアーロンだが、皇帝の前では堂々と挨拶をする。玉座にいた皇帝はにやりと笑い、顎ひげを撫《な》でる。今日の皇帝は君主だけが着るのを許される金色のマントに、最上級の布と刺繍《ししゅう》の施された衣装をまとっている。

「よくぞ参られた、アーロン殿。顔を上げてくれ。我が国の皇女と婚姻し、両国が再び手を取り合うのを心待ちにしている」

厳かな声音で皇帝が告げ、アーロンがぴくりと肩を揺らした。アーロンは皇帝を見上げ、不敵に微笑んだ。同時に皇帝の下にいた皇女が全員アーロンに注目する。皇女は大なり小なり、アーロンという男に興味を持った。皇帝に臆することもなく、見目もよく、身体つきもいい。まだ十歳になったばかりの皇女サリアはぽーっと頬を赤くしている。

「ありがたき申し出。私も若輩の身なれど、帝国の花を我が国へ迎え、両国の絆《きずな》の礎になれたらと存じます」

アーロンが胸に手を当てて言う。リドリーは内心ホッとしていた。皇帝には威圧感があって、そんじょそこらの者だと、皇帝の前に出ただけで怖気《おじけ》づく。だが、さすがアーロンは第三王子だけあって、皇帝の威圧感を受け流した。もし皇帝の威圧感に負けるような輩《やから》だったら、皇帝は王子を軽んじて婚姻をなかったことにするかもしれなかった。

「アーロン王子、今宵《こよい》はアーロン王子のための晩餐会を予定しております。どうぞ、それまでゆっくりお寛《くつろ》ぎ下さい」

皇后が柔らかい空気を伴ってアーロンをねぎらう。いくつかの挨拶を終えた後、リドリーはアーロンを今回滞在する青薔薇《あおばら》の宮へ案内した。皇宮にはいくつか宮があるのだが、その中で他国の賓客を招く際は青薔薇宮を使うのが一般的だ。

「アーロン王子の侍従や護衛騎士の方は、こちらの部屋を使ってくれ。アーロン王子のためにメイドと侍女を用意させているので、遠慮なく何でも命じて構わない」

青薔薇宮につくと、リドリーはすでに整列して待っていたメイドと侍女をアーロンと侍従たちに紹介した。青薔薇宮は部屋数も多く、正面扉から入ると白い螺旋《らせん》階段が左右に広がる格式高い造りだ。魔法士のいる睡蓮宮とも近いし、リドリーのいる皇子宮とも近い。侍従や護衛騎士が荷物を運び入れる中、リドリーはアーロンを螺旋階段へ誘導した。

「アーロン王子の部屋は一番見晴らしのよい部屋だ」

アーロン王子を部屋に案内する中、リドリーはすっと後ろへ視線を向けた。シュルツとエドワードはリドリーとアーロン王子を守るように周囲を窺《うかが》っている。

「こちらへ」

部屋の前に立ち、リドリーはシュルツとエドワードを振り返った。

「お前たちはここで待て」

リドリーが小声で命じると、シュルツの背筋がぴんとなる。リドリーの命令には身体が勝手に反応してしまうのだ。二人が扉の前で敬礼すると、リドリーはアーロンと共に部屋へ入った。扉を閉め、アーロンと二人きりになる。

「……アーロン王子、ニックスから事情は聞いたな？」

リドリーは声を潜めてアーロンに向き直った。とたんにアーロンは破顔して、ばんばんとリドリーの肩を叩《たた》いてきた。

「いっやー、お前と皇子の魂が入れ替わるとか、ニックスもとうとう頭がいかれたのかと思ってたぞ！　お前の本体に会ってびっくりだよ、ひどい有様で」

げらげら笑いながらアーロンに肩を抱かれ、リドリーは仏頂面で額を押さえた。

アーロン王子とは王家と関わりを持った頃から懇意にしている。王族のわりに気安いというか、屈託ない性格をしているのだ。二人きりの時は敬語も使わない間柄なので、リドリーも素のアーロンと接して表情を崩した。

「王子、他の人の前でそれは絶対にするなよ。ただでさえ、俺が別人のようだと疑われてるんだから」

リドリーはこれ見よがしにため息をこぼし、部屋の中へアーロンを引き込んだ。今回アーロンと会うにあたって、いち早くアーロンと二人きりになる必要があった。魂が入れ替わったというとんでもない話だ。ちゃんとアーロンが信じてくれているかどうか確認する必要があった。この調子なら問題ないだろう。

か？」

「そりゃ仕方ないだろ。無能な白豚皇子で有名だったからな。それにしてもすごいダイエットしたんだな。他人を豚呼ばわりするのはよくても、自分が豚呼ばわりされるのは嫌だったのか？」

アーロンに意地悪く言われ、返す言葉もなかった。

久しぶりにアーロンと話すことで、アンティブル王国で過ごしていた日々が鮮明に蘇《よみがえ》ってきた。アーロンと初めて顔を合わせたのは、市井《しせい》だった。情報収集で変装して庶民の中に混じっていた時に、同じく変装して酒場で庶民と交流を持っていたアーロンと知り合ったのだ。ただ者ではない感じがして気になっていたのだが、その後、城でばったり出くわしてお互いに目が点になった。アーロンは自由奔放な性格で、人好きのするいい男だ。

「お前に会うまでは半信半疑だったんだが。実際、会うと、やっぱリドリーだわってなったわ。なんつーか、俺を見る時のあのつめたーい感じとか。入れ替わったって話、信じるしかないだろ」

アーロンは部屋の中央に置かれていた長椅子にどかりと座り、ニヤニヤする。

「それは喜んでいいのか、悪いのか……。アーロン王子、ともかくそんなわけで、あなたと二人で会話する機会もあまりとれない。取り急ぎ伝える。まず、第一皇女のアドリアーヌは絶対選ぶな。かなりの性悪だから」

リドリーはアーロンの向かいの長椅子に座り、身を乗り出して話し出す。すぐに侍女がお茶を運んでくるだろうから、できる限りの皇家の情報を伝えなければならない。

「ああ、あの美人だけど目つきの悪い女だろ？　プライド高そうだよなぁ。パッと見た感じ、俺の好みは右から三番目か、左から二番目なんだけど」

アーロンは一瞬のうちに皇女全員を確認していたようで、自分の好みまで語っている。右から三番目はスザンヌで、左から二番目は第四側室の長女ヴィヴィアンだろう。

「右から三番目のスザンヌは俺もお勧めだ。とはいえ本人は女帝を目指していて、婚姻に乗り気ではない」

「おー。野心家か。ますますそそるなぁ」

アーロンは楽しそうに語る。

「っていうかまさか婚姻相手にあんなちっこいの入れないよな？　俺、幼女趣味はないんだけど」

アーロンは皇女の中にまだ幼い子たちがいるのを思い出して、身震いする。

「っつーか、皇帝の放つ気がえげつなくて、剣を抜きそうになったわ。いやぁ、皇帝おっかねーな。お前、よくあんなのの息子やってられるな？」

皇帝と謁見した際の記憶が蘇ったのか、アーロンは自分の肩を抱く。

「それはもう最悪の一言だ。それで王子、一番重要な話だが、最終的に誰を選んでもいいけど、婚姻式と調印式はアンティブル王国で行うように申し出てくれ。その際に、俺を呼ぶように」

リドリーは一番伝えたかった話を切り出した。婚姻式はともかく、両国の同盟を結ぶ調印式は必ずアンティブル王国でやってほしい。調印式はそれなりの立場の人間しか行えない。皇子の身で、アンティブル王国へ行ける唯一の機会なのだ。これを逃したら、国へ戻る手段は遠くなる。

「ははぁ、なるほど……。お前が国へ戻るためか。あ、そのために俺と皇女の婚姻を考え付いたのか？　かー、何だよそれ。俺、まだ結婚する気なかったんだけどなぁ。まぁいいけど。分かった、分かった、俺に任せろ」

アーロンは気楽な口調で親指を立てる。その軽い態度に不安しかなかったが、アーロンだけが頼みの綱だ。

折よくノックの音がして、メイドがお茶を運んできた。アーロンの侍従と護衛騎士も一緒に入ってくる。彼らの顔をリドリーは知っているが、あえて知らぬふりをした。

「では、晩餐会でまた会おう」

リドリーは皇子の顔を貼りつけ、優雅に礼をして部屋を出ていった。

アーロンの婚姻で、自分がアンティブル王国へ戻れるかどうかが決まる。何事もなく、祖国へ戻れますようにと願わずにはいられなかった。

晩餐会は華やかな雰囲気で進められた。皇后に側室、皇女と女性が多いせいか、色とりどりのドレスが会場を飾っている。出席者は皇族、王族と使節団のメンバー、それに宰相や国の重要なポストについている者だ。晩餐会は大広間で行われた。メニューは皇宮の料理長が腕によりをかけ、贅《ぜい》を尽くしたものになり、この日のために取り寄せた魚料理も振る舞われた。

皇帝は珍しく機嫌のよい顔つきで、アーロンに話を振るサービスまでしている。アンティブル王国を軽視する発言をしないか心配していたので、拍子抜けしたほどだ。席順は上座から皇帝、皇后、リドリーとなっていたので、アーロンはリドリーの向かいの席に座っている。その後は第一側室とその娘、第二側室とその娘という席順だったので、ありがたくないことに、リドリーの横には第一側室のフランソワ妃と長女のアドリアーヌが座っている。

「アーロン様はご存じかしら？　今、帝国では、アーロン様がどなたを選ぶかで大きな賭け事になってるんですのよ」

皇帝が口を慎んでいると安堵《あんど》した矢先、アドリアーヌがとげとげしい口調で爆弾を投下してきた。帝国内の賭け事に関して晩餐会で口にすべき話題ではないのは明らかだが、アドリアーヌはどうしても納得いかないらしく、半ばアーロンを睨《にら》みつけている。フランソワ妃が青ざめてアドリアーヌに「これ」と顔を顰《しか》める。

「ほう、そうでしたか」

アーロンは初めて聞いたという態度で、ワインを口に含む。

「アーロン様がどなたを選ぶか知りませんが、私どもにも選ぶ権利はあると先に申し上げておきたいですわ」

アドリアーヌは母の忠告を無視して、傲然と言い放った。皇女に生まれた以上、政略結婚は免れないものだが、アドリアーヌはそれを甘受できないようだ。ちらりと皇帝を見やると、かすかに不快な空気を漂わせる。皇帝にとって皇女はただの駒《こま》だ。その駒が不遜な発言をしたので、気に食わないのだろう。

「まぁ、皇女はいつからそのように偉くなったのでしょうね、フランソワ」

皇帝が何か言い出す前に、皇后がやんわりとアドリアーヌの母親である第一側室に釘《くぎ》を刺してきた。フランソワ妃は真っ青になって、「も、申し訳ありません」と皇后に頭を下げる。

「アドリアーヌ、黙りなさい」

フランソワ妃が低い口調で叱りつけると、アドリアーヌはつんとそっぽを向いた。

「私は当然の権利を主張したまでですわ。ですから、私は……」

アドリアーヌがなおも言い続けようとした矢先、皇帝が持っていたグラスを床に投げ捨てた。グラスは派手な音を立てて割れ、赤い液体が絨毯《じゅうたん》に広がった。一瞬の行動で晩餐会は水を打ったように静まり返り、演奏をしていた楽隊も手を止めた。

「――一人くらい皇女の首を刎ねても、問題はないな」

皇帝の口から信じられない言葉が飛び出し、空気が完全に凍りついた。アドリアーヌは何を言われたか分からないといった顔で固まり、皇帝を凝視する。

「皇女は残り八人もいるのだし、問題なかろう」

皇帝は静かな口調で告げ、軽く手を上げた。アドリアーヌをこの場から連れ出せという命令だ。戸惑ったように皇帝付きの近衛騎士が数名やってきて、アドリアーヌに近づく。とたんにフランソワ妃は椅子を蹴って飛び出し、床に土下座した。

「陛下！　申し訳ございません！　子どもゆえに意味も分からず口にしたのです！　必ず言い聞かせますのでお慈悲を！」

フランソワ妃が泣きながら慈悲を乞い、アドリアーヌが呆然《ぼうぜん》として唇を震わせる。

「う、嘘《うそ》、でしょう……？　お父様、私は……」

アドリアーヌは自分が切り捨てられる存在だとは思っていなかったらしく、ひたすら震えている。リドリーはこの場をどう収めるべきかと頭を悩ませた。せっかくの晩餐会が、最悪の空気になった。近衛騎士はアドリアーヌを連れていくべきか、皇帝の顔色を窺っている。アーロンは事の成り行きを見守っている。皇族同士の話に口を挟むのは、内政干渉と取られかねないので黙っているのが正解だ。

「アドリアーヌはこの場にいたくないようだ。さっさと連れていけ」

皇帝に促され、近衛騎士が無理やりアドリアーヌを席から引きずり出す。アドリアーヌはまだ信じられないようで、わなわなとしたまま近衛騎士によって会場から締め出された。フランソワ妃は連れ出されるアドリアーヌを涙ながらに見ていたが、自分もこの場を勝手に離れるのは危険だと判断して、のろのろと席についた。アドリアーヌの妹であるサリアは、茶器が音を鳴らすくらい震えている。

「アーロン殿、愚娘が失礼をした。何、皇女はまだ八人もいるから問題なかろう?」

皇帝は何事もなかったような口調で、ワインの入ったグラスを掲げる。それを合図に楽隊が音楽を奏で出す。アーロンも気を取り直したように、グラスを掲げる。

「皇女のご懸念も理解できます。この方と決めた暁には、私の胸の内を語るほうがよいでしょうね。国同士の結びつきのためとはいえ、よい縁談にしたいものです」

アーロンの柔らかい口調は皇女たちの心を落ち着かせた。ぎこちないながらも皇女たちに笑みが戻り、リドリーも胸を撫で下ろした。晩餐会の最中にアドリアーヌが殺されでもしたら、婚姻による国交復興もなくなっていたかもしれない。一応後でアドリアーヌの様子を見に行ったほうがいいだろう。

その後は大きな問題はなく、予定通り晩餐会が終わった。初日から不穏な気配が流れている。アーロンは一週間ほど帝国に滞在する。その間に皇女全員と時間を持ち、語らう場を作っている。明日はアドリアーヌから始める予定だったが、この調子では順番を変えたほうがいいかもしれない。

晩餐会の後、リドリーは礼服姿のエドワードを伴って私室に戻った。リドリーとエドワードが長椅子に腰を下ろした時、近衛騎士の制服姿のシュルツが部屋を訪ねてきた。

「アドリアーヌはどうなった?」

シュルツにはアドリアーヌの状況を探るよう命じていたのだ。シュルツは部屋に入りドアを閉めると、一段と声を落として、アドリアーヌの様子を報告した。

「皇女は部屋で謹慎を言い渡されたようです。牢《ろう》には入れられておりませんので、ご安心下さい。本人はかなりショックを受けているようです」

アドリアーヌの首が繋《つな》がっていると知り、心からホッとした。これでその後の予定も行えるだろう。精神的疲労を抱えていたので、シュルツの報告を聞き背もたれにぐったりと背中を預けた。

「晩餐会では肝を冷やしましたね。陛下なら、あの場でアドリアーヌを斬り殺す可能性もあると思いました」

アドリアーヌを苦手とするエドワードも、華やかな席で皇女が消されるのは好ましくないらしい。

「まったくだ、あの女狐《めぎつね》は……。すべて駄目になるかと思ったぞ。だが、これで少しは薬になっただろう。自分は父親に愛されていると思い込んでいたようだからな」

アドリアーヌはわがままで気位が高く、これまでも傍若無人な真似《まね》をしてきた。それに対して皇帝は許してきたので、自分は何を発言してもいいと勘違いしたのだろう。皇帝にとって皇女は全部同じ駒でしかないのに。

「アーロン王子は動じる様子を見せずに、さすがでした」

エドワードはアーロンを評価している。アンティブル王国でも皇帝の残虐さは知れ渡っているので、ある程度の覚悟はしてきたに違いない。

「そうだな、むしろ今回の件で、皇女の中でもアンティブル王国へ嫁いだほうが幸せかもしれないと思う者もいるかもしれない。第三王子は見目もいいし、政略結婚でも構わないくらいの魅力はあるだろう」

リドリーは皇女たちの反応を思い返し、髪を掻《か》き乱した。

「……エドワードはもう帰っていいぞ。今日はご苦労だった」

リドリーはタイを弛《ゆる》めて言った。エドワードは素直に長椅子から腰を浮かせ、軽く頭を下げる。

「そうさせてもらいます。明日からまた護衛に戻りますので」

エドワードが一礼して、部屋から去っていく。入れ替わりにメイドのスーがやってきて、風呂の準備が整ったと教えてくれた。

「シュルツも、下がっていいぞ。今日はもうどこへも行かない。風呂から出たら、すぐ寝る」

近衛騎士は一日中警備に気を張っていた。リドリーは疲れを感じさせない様子のシュルツに軽く手を振った。

「分かりました。交代の近衛騎士が来たら、下がります」

シュルツはリドリーを気遣うように、ジャケットを脱がせてくる。

国交回復は自分が帰るための手立てというのもあって、今日は気疲れした。アーロンと話せたことが、感情を波立たせたのだ。明日からアーロンの周囲によりいっそう気を配らなければならない。皇女さえも殺しかねない皇帝だ。何もかも面倒になってアーロンを斬り殺す可能性もないわけではない。

スーの問いかけに適当に返事を返しながら、リドリーは明日に思いを馳《は》せていた。


初日にひやりとする出来事は起きたものの、その後は順調に予定が進んだ。アーロンは皇女と次々と時間を持ち、妃《きさき》選びに余念がなかった。さすがに八歳以下の皇女とはまとめて会い、他愛無い話しかしなかったようだが。

三日目にはもう一度話をしたい三人の皇女を選んでもらい、二人だけの時間を持ってもらった。

選ばれたのはスザンヌ、ヴィヴィアン、サリアだ。サリアはまだ十歳だが、アーロンが好みのタイプだったようで、会食の際にすごい猛アピールをしたらしい。その熱意に負けて、アーロンも選んだのだろう。この話はどこからかあっという間に市井に広がり、三人の皇女に賭けた人たちの興奮を呼んだという。

（スザンヌが選ばれたら、ミレーヌ妃との確執はほぼ消えると言っていいが）

スザンヌを女帝にしたいミレーヌ妃としたら、アーロンの動向は気になるところだろう。

その日の昼間、リドリーの元には近衛騎士のエドワードとグレオンがやってきた。

「皇子、晩餐会の前後も含めミレーヌ妃を監視しておりましたが、バルカン伯爵とは個別に会う時間はとっておりませんでした。接触する様子もございませんでした」

エドワードは声を落として報告をする。ミレーヌ妃は父親であるバルカン伯爵と会談しなかった。ミレーヌ妃が皇子に毒を盛った犯人だとしたら、奸計《かんけい》が暴かれて父親に助けを求めたいはずだが、ミレーヌ妃はあえて父親との接触を絶った。自分が疑われていることを知っているので、父親と会うのは危険だと察したのだろう。気の弱い女性ではない証拠だ。

「なかなか尻尾《しっぽ》を見せないなぁ……」

リドリーも目を細め、不敵に微笑んだ。

「監視されているのを気づいているようにも感じました」

グレオンはミレーヌ妃の様子から、そうつけ加える。そういうことなら、今回の国交回復に関して事態を注視するかもしれない。リドリーに功績を上げさせないために何かしら謀略を巡らすかと思ったが、今は大人しくしているだろう。懸念の一つが消えるなら大変助かる。

「引き続きミレーヌ妃の監視を続けてくれ。いっそ分かりやすく監視しているように見せてもいい。そうすれば第三王子がいる間は無理な行動はしないだろう」

リドリーは二人に指示し、人を増やしてミレーヌ妃と娘たちに監視の目をつけた。ミレーヌ妃からすると、女帝にしたい娘が見初められるかもしれない状態だ。気が気ではないだろう。

アーロンが三人の皇女と二度目の会食を終えた後、リドリーはアーロンとの茶会の時間を手に入れた。名目は国交回復に向けて、両国の皇子と王子という立場で意見を交換するというものだ。室内で行いたかった茶会だが、皇后も参加したいという申し出があり、庭園で開かれた。

「ようこそ、おいで下さいましたわ」

庭園での茶会は皇后付きの近衛騎士と皇子付きの近衛騎士、第三王子の護衛騎士が勢ぞろいして和やかな雰囲気とはほど遠かった。第三王子の護衛騎士は初日に皇帝の暴君ぶりを目にして、ずっと気を張っている。お茶会の主催は皇后になり、異国から輸入した特別な茶葉や茶器を使った洗練された席になっている。

「アーロン王子はもうお迎えなさる方はお決めになったのかしら？」

毒味役がお茶や菓子を食した後、皇后はお茶をアーロンに勧めた。アーロンは人好きのする男なので皇后とは会うたびにいい空気を作り上げている。

「ええ、国へ連れ帰りたいという話をすでにしております」

茶の匂いに目を細め、アーロンは包み隠さずに答えた。

「まぁまぁ。どなたとはお聞きしませんわ。すぐに分かることでしょう。あなたのようにいい男なら、皇女も幸せになれるでしょうね。両国の発展をお祈り申し上げます。我が息子の初めての大事業です。成功するのは私も嬉《うれ》しいことですわ」

皇后は嬉しそうに頰を染めて言う。皇后がリドリーの行為に喜ぶたびに、少し胸が痛む。所詮自分は入れ替わりの偽物だ。いずれ元の身体に戻った時、皇后が悲しみに暮れるのがやるせない。

「ベルナール皇子の手腕は聞き及んでおりますよ。何でも次々と有能な姿を見せているとか？　いやぁ、まるでうちの宰相みたいです」

アーロンが冗談めかして言う。リドリーはあと少しで噴き出しそうになり、ひそかにアーロンを睨みつけた。

「お褒めいただき母としても嬉しい限りですわ。ベルナールは帝国の大事な宝です。両国が友好的な関係になったら、この先も交流があるでしょうね。期待しておりますよ」

皇后は慈愛に満ちた眼差《まなざ》しでリドリーを見つめる。あの皇帝の傍で長年皇后を務めてきたのだから、穏やかそうに見えて芯の強い人なのだ。

「そうですね、今回の件は必ず成功させて、母上を安心させたいです」

リドリーは愛する母を見る眼差しで告げた。リドリーの実際の母親は気弱で、浪費癖のある困った人だった。勝手に金を使い込んでは、叱りつけると泣いてごまかす。小さい頃から頼りにならない母に何度もイライラさせられた。皇后が本当の母親だったなら、自分はもう少し気楽に生きられただろう。

「あなたの力を信じていますよ、ベルナール。そのうちあなたもよい方を迎えなければならないわね」

皇后がそっと手を上げて笑う。皇后の合図で皇后付きの近衛騎士がさっと現れて、皇后に手を差し出す。皇后はその手を取り、優雅に立ち上がった。

「ではそろそろ私はお暇《いとま》しますわ。若い者同士でお話ししたいこともあるでしょう。庭の薔薇が見頃ですよ」

近衛騎士にエスコートされて皇后が立ち去る。皇后のスマートな気遣いにリドリーは感服した。アーロンと話したいことは山のようにあったが、どうやって皇后と離れるか考えていたのだ。

「ではアーロン王子、母上のお言葉に甘えて、庭を一緒にどうかな？」

リドリーは茶器を置いて、薔薇園に誘った。アーロンも快く頷いて、茶会の場を後にする。リドリーとアーロンが歩き出すと、少し離れた場所から互いの騎士がついて回る。その中にはシュルツとエドワードもいた。

「おい、誰を選んだ⁉」

護衛騎士と距離が離れると、リドリーは抑えた声で隣のアーロンをせっついた。何よりも聞きたいのはそこだ。

「それより皇帝マジ怖いんだけど。なぁ、初日のあれって冗談？　それとも皇女が首を刎ねられるなんてアリなの？」

アーロンはアーロンでそこを聞きたかったらしく、こそこそと話しかけてくる。薔薇園の薔薇は美しく咲き誇っていて、遠くに剪定《せんてい》している庭師が見える。

「あのクソだぞ？　本気か冗談かなんて、一瞬で気が変わる。絶対に機嫌を損ねるなよ？　お前の手足と首がある状態で国に帰ってもらわなきゃならないんだからな」

聞かれたら処刑もありうるので、リドリーはことさら声を落とした。

「こわっ。あと、もう一ついい？　お前とくっついて話してるとあの護衛騎士、めちゃくちゃ睨んでくるんだけど何で？」

アーロンは後方にいるシュルツを指さす。確かに顔を近づけて話していると、シュルツがすごい形相で見てくる。

「あれは気にしないでくれ。それで誰なんだ？　色よい返事はもらえたのか？　アドリアーヌの二の舞はごめんだぞ」

リドリーはアーロンの背中を押して、周囲を窺う。

「スザンヌ。ああいう賢い女好きなんだよねー。あ、ちなみに国に来てほしいと言ったら、そうですかだって。私の返事など必要ありませんって冷たくあしらわれちゃってさぁ。まぁあの皇帝じゃ皇女の意思なんて関係なさそうだもんな。サリア嬢はすごい好いてくれてるのは分かるんだけど、幼すぎるじゃん？　結婚しても手も出せないってのはちょっと」

べらべらと語るアーロンに、リドリーは肩の力を抜いた。スザンヌを選んだのなら今後の活動はしやすくなる。ミレーヌ妃からの攻撃は収まるだろう。アーロンと利害が一致して未来に希望を持てた。スザンヌなら間諜《かんちょう》としてアンティブル王国へ嫁いでも、説得によってアンティブル王国を裏切らない方向へ持っていくのが可能だ。スザンヌが真に欲しているのは、承認されることであり、自分の能力を思う存分発揮することだ。女性の地位が帝国より高いアンティブル王国で過ごせば、意識はがらりと変わるだろう。

「いい感じだ。あとは俺が国へ戻れるよう上手《うま》く……」

リドリーがぐっと拳を握った時だ。近衛騎士が二名、こちらに近づいてきた。二人とも浮かない顔つきで、リドリーとアーロンの傍まで来て、一礼する。

「ご歓談中、申し訳ございません。アーロン様、実はアドリアーヌ様が、自分との時間も持ってほしいと願い出ております。大変反省しているようで……」

言いづらそうに近衛騎士が告げる。近衛騎士はアドリアーヌ付きで、謹慎中の彼女から必ず伝えて来いと命じられたそうだ。

「アドリアーヌ嬢と……？」

アーロンは気が進まない様子でちらりとリドリーを見やった。アドリアーヌは初日に問題を起こした後、部屋に謹慎されていた。皇帝はまだ謹慎を解いておらず、アーロンはアドリアーヌとは個別に会っていない。

「アドリアーヌは会う気がなかったじゃないか。今さら何を言っている?」

リドリーが近衛騎士をじろりと睨みつけると、困ったように顔を見合わせる。さんざんアンティブル王国へ行きたくないとごねていたくせに、今さら何を言っているのだろう。

「アドリアーヌ様は心を入れ替えたと言っております。自分にもチャンスが欲しいと」

どこか怯えた様子で近衛騎士が言い、アーロンの前に跪く。

「どうか、皇女の願いを叶《かな》えてもらえないでしょうか?」

二名の近衛騎士が跪き、アーロンは戸惑って頭を掻いた。

「俺はもう心に決めた方がいるんだが。果たして会う必要があるのだろうか?」

リドリーが目配せして断れと合図したのもあって、アーロンは咳払《せきばら》いしてそう答えた。すると近衛騎士がアーロンの足にすがりつくようにして、「何卒《なにとぞ》!」と大声を出してくる。どうやらアドリアーヌに絶対に約束をとりつけろと言い渡されたようだ。

「分かった、分かった。この後、ほんの少しの時間でいいなら」

あまりに切迫した様子の近衛騎士に押される形で、アーロンは頷いた。リドリーは呆《あき》れて目を剝《む》いた。アドリアーヌが本当に会うだけで終わるだろうか? 性格が悪い彼女のことだ。絶対悪知恵を働かせるに違いない。

「ありがとうございます！　ありがとうございます！」

近衛騎士に目を潤ませて礼を言われ、アーロンは苦笑した。報告するためか、近衛騎士が脱《だっ》兎《と》のごとく去っていく。

「何故受け入れた？　嫌な予感しかしないぞ！」

アーロンの肩を揺さぶり、リドリーは押し殺した声で叱りつけた。

「仮にも皇女の願いだろ？　立場上、無下にはできないよ」

リドリーから逃げるようにアーロンが呟《つぶや》く。過密なスケジュールだったのもあって、アーロンは夕食前の休憩時間を使ってアドリアーヌと会うことにした。アドリアーヌが何を企《たくら》んでいるか知らないが、予定を崩されそうな行為は断じて認められない。何かあった時のために、リドリーも同席することにした。

「少し離れた場所で監視してるから、なるべく人の多い場所で会ってくれ」

リドリーが懸念したのは、アドリアーヌがアーロンに無理やり咎《とが》を与える可能性だ。頭のできがよくないアドリアーヌは、自分が何を言おうと周囲の人間は信じると思い込んでいる。何かを盗《と》られたり壊されたりといったものならいいが、アーロンに傷ものにされたと吹聴するのが一番困る。

「分かってるよ、それは常に警戒しているから」

王子という立場もあって、アーロンもその辺は理解しているようだ。その辺の町娘ならどんなでっちあげをされても処理できるが、皇女相手では少し骨が折れる。だからこそ、自分という証人が必要だ。

「とりあえず会ってみる。一応全員と会うという約束もあったしな」

アーロンは気乗りしないながらも、アドリアーヌが謹慎を言い渡されている私室へ向かった。リドリーはシュルツとエドワードのところへ行き、どちらかアーロンと同行して何事も起こらないよう見張っておいてくれと頼んだ。シュルツが手を上げ、アーロンの護衛騎士と共に移動していく。

リドリーは急を要する仕事をいくつか片付けるため、エドワードと共に執務室へ急いだ。時間にして十五分ほどで仕事を切り上げ、アーロンの元へ走った。

だが、そのほんの十五分の間に、問題が起きていた。

「何が起きた！」

アドリアーヌの私室へ行くと、扉が開かれ、泣きわめくアドリアーヌとそれを慰める取り巻きの令嬢、呆然とするアーロンと顔を引き攣らせる近衛騎士という図式が出来上がっていた。

リドリーが部屋に入って怒鳴りつけると、近衛騎士がまごついて敬礼する。

「そ、それがそのぅ……、皇女様が……」

アーロンをここまで連れてきた近衛騎士は、おろおろして床に泣き崩れているアドリアーヌを見やる。よく見るとアドリアーヌのドレスの胸元が破かれて、鎖骨が見えていた。アドリアーヌが何をしたか見当がついて、リドリーは頭痛を覚えた。

「王子が私に襲い掛かったのですわ！　私は傷ものにされました！」

明らかに嘘泣きのアドリアーヌが声高に叫ぶ。アーロンは呆れて肩をすくめている。

「そ、そうです、嫌がるアドリアーヌ様をこのように……」

「ひどい方ですわ！　責任をとってもらわないと！」

アドリアーヌを慰めているのは侍女の令嬢たちだ。

「すまない、アドリアーヌ嬢だけじゃなかったので、大丈夫かと部屋に入ってしまった」

アーロンはリドリーの横に立ち、耳打ちしてくる。どうやらアーロンが部屋に入った時点で、この茶番劇が繰り広げられたらしい。あらかじめ侍女に指導していたのだろう。侍女はやたらと『責任』を繰り返す。

「アドリアーヌ、妄言もたいがいにしろ。何で王子がお前に襲い掛からなきゃならないんだ。王子は選べる立場なんだぞ。襲い掛かる必要がないだろ」

リドリーは脱力して言った。ついでにアーロンを誘導した近衛騎士も睨みつけておく。二名の近衛騎士も自分たちの罪を悟り、青ざめて震える。

「そんなのお義兄様《にい》には分からないでしょう!?　アーロン様は私を手籠めにしたかったのです！　私の美しさに抗《あらが》えなかったのですわ！」

リドリーの冷静な指摘もアドリアーヌの意思を覆すことはできなかった。どうみても非は明らかなのに、アドリアーヌは自分の思い通りに事がなると思っている。

「俺はそこまで飢えてないぞ。そもそもアドリアーヌ嬢は好みではないし」

アーロンもため息混じりに突っ込みを入れる。するとアドリアーヌはカッとなってアーロンを睨みつけ、ばんばんと床を叩きだした。

「愚か者が！　私をこのような目に遭わせた責任を取りなさい！　あなたが選ぶ妃は私です！　それ以外は認めないわ！」

アドリアーヌの思惑が読めてきた。皇帝にすげなくされたアドリアーヌは、このまま帝国にいるよりもアンティブル王国の第三王子に嫁いだほうが好き勝手に生きられると目論《もくろ》んだのだろう。それだけ皇帝の冷たい態度は衝撃だったらしい。

（いい加減にしろ！　この期に及んで邪魔をしやがって！）

アドリアーヌの余計な策に腹を立てていると、シュルツがすっと寄ってきて、申し訳なさそうに目を伏せる。

「すみません、皇子。部屋に入ろうとしたら侍女に締め出されてしまいました。ですが、ほんの一分ほどです。何か事を起こすのは不可能だと証言できます」

面目ないと言いたげにシュルツが言う。なりふり構わぬアドリアーヌのやり方に、どうやって始末をつけるか悩んでいると、近衛騎士と共に宰相が現れた。

「何事ですか？」

アドリアーヌがぎゃあぎゃあ騒いでいたので、宰相の耳にも届いたらしい。リドリーが事情を明かすと、宰相も呆れたようにアドリアーヌを見下ろす。

「アドリアーヌ様、ご自身のなさったことの意味をお分かりですか？　撤回なさるなら、今のうちですよ」

アドリアーヌと侍女の茶番劇を信じているのはこの場に誰もいなかった。そもそも無理がある設定だ。何でこれで上手くいくと思ったのか、逆に聞きたい。

アドリアーヌの私室の前で騒いでいたせいか、人だかりができてきた。しばらくすると皇帝の侍従がやってきて、宰相に耳打ちする。宰相の顔色が変わった。

「皇帝陛下のお耳にも届いたようです。関係者は陛下の前に来るようお達しです」

宰相が重々しい口調で告げ、リドリーは戦慄が走った。皇帝の耳に入る前に片付けたい問題だったのに、最悪の展開になってきた。アドリアーヌは期待半分、恐れ半分といった様子で、侍女に手を引かれ、部屋を出る。アーロンもこの事態がどうなるか分からず、珍しく緊張した面持ちだ。リドリーはシュルツを伴い、アーロンと並んで歩き出した。

「シュルツ、お前は証人として陛下に事情を明かせ」

リドリーがシュルツにこっそり言うと、こくりと頷く。アドリアーヌのした愚かな行為だとつまびらかにしなければならない。万が一にも、アドリアーヌの嘘に乗っかって、皇帝がアーロンを処刑する事態になったら、国交回復どころではない。

（クソ！　その場合どうする⁉　アーロンは絶対に殺させない）

非道な皇帝のことだ。アーロンが無事ですむかどうかの保証ができない。皇女を手籠めになんて、皇帝に第三王子を処刑できるもっともらしい言い訳を与えるようなものだ。もし皇帝がアーロンを処罰するような事態になったら、持てる手のすべてを使ってアーロンを国外へ逃がさなければならない。リドリーはめまぐるしく頭を働かせ、最悪の事態を想定した。自分が国へ戻るためにアーロンを招いた責任がある。アーロンに剣を向けられたら、シュルツの力を使ってでも阻止しなければならない。

皇帝のいる謁見の間までの廊下は、一歩一歩が重苦しく感じた。できることならこのまま逃げ出したいくらいだ。こんなことなら国交回復を望むべきではなかったのかという後悔まで押し寄せた。アドリアーヌがここまで馬鹿だと見抜けなかった己の失態だ。仕事は後にして、アーロンと一緒に行動すべきだった。

（いや、俺が一緒にいても、アドリアーヌは同じことをしただろう。侍女たちの証言があれば、嘘をつきとおせると思っている。マジで頭が悪いから）

侍従に先導され、リドリーたちは皇帝の前へ進んだ。皇帝は謁見の間で臣下と側近に囲まれて玉座に座っていた。いつも通り無関心な表情で、皇帝が何を考えているか推し量れなかった。

「騒ぎが起きたようだが、何事か」

皇帝の前にアドリアーヌと侍女二名、アーロンとリドリー、シュルツ、宰相、近衛騎士二名が跪く。アドリアーヌが妙なことを言い出す前にと、リドリーは顔を上げて発言を求めた。

「私は被害者ですわ！」

リドリーが発言の許可を得る前に叫びだしたのは、アドリアーヌだった。空気を切り裂くような声で、泣き真似をする。

「突然、部屋に入ってきたアーロン様が私を襲おうとしたのです！　私は抵抗しようとしたのですが、すごい力で押し倒されて……っ。傷ものにされました！　そうよね、あなたたち」

アドリアーヌは侍女に圧力をかける。侍女は皇帝の前で震えながら「そ、そうでございます」「お止めすることができず」とぼそぼそした声で訴える。

「失礼ながら、発言をお許し下さい」

見ていられず、リドリーは顔を上げた。皇帝が話せというように顎をしゃくる。

「ありがとうございます。私とアーロン王子が皇后とお茶会を終えて庭園で歓談していたところ、アドリアーヌの近衛騎士がやってきて、アドリアーヌと会ってくれと願い出ました。アーロン王子は断ったのですが、しつこいほど頼まれて仕方なく応じたのです。アーロン王子はアドリアーヌの部屋に入りましたが、入ってすぐこのような茶番劇が行われたようです。それはシュルツが証言できます。近衛騎士に関しても、私がその場にいたので証言できます」

リドリーは理路整然と述べた。近衛騎士は不安そうに身を縮めている。アドリアーヌは忌々しそうにリドリーを睨みつけ、破れた衣服を見せつけた。ずいぶん上手く破れているので、鋏《はさみ》でも使ったのだろう。衣服を検分できれば、すぐにでもアドリアーヌの偽証は証明できる。

「お父様！　私は嘘など申しておりません！　私は事を荒立てたいわけではないのです、アーロン王子が私を妃に選べば、大人しく引き下がると約束しますわ！」

アドリアーヌは涙を流して大声を上げた。アーロンは呆れ果てて言葉もないようだ。

「……」

皇帝は小さくため息をこぼし、やおら立ち上がった。どうするのだろうとリドリーが身構えていると、皇帝は玉座を降りてアドリアーヌの前に進み出た。アドリアーヌは父の温情を信じて、涙目で見上げる。

皇帝はアドリアーヌを通り越して、跪いたままの近衛騎士のほうに屈《かが》み込んだ。一瞬何をするのか予測ができず、リドリーは動きが遅れた。皇帝は近衛騎士の腰から剣を引き抜くと、その剣を振り上げた。

「え……っ」

リドリーがハッとした時には、皇帝は剣を振り下ろしていた。その剣先はアドリアーヌの肩から胸を切り裂いていた。アドリアーヌは呆然としたままよろめいた。

「きゃあああ！」

真っ先に悲鳴を上げたのは、アドリアーヌの侍女だった。アドリアーヌの胸から飛び散る血

しぶきに驚愕《きょうがく》して、謁見の間に響き渡る声で叫ぶ。

「あああ!」

アドリアーヌはその場にひっくり返って痛みにのたうち回った。この事態にこの場にいた関係者、側近、臣下も凍りついた。

「小賢《こざか》しい真似を……。大人しくしていろと言ったのが聞こえなかったようだな」

皇帝は血のついた剣を床に放り投げ、何事もなかったように玉座に戻った。リドリーはあまりの事態に固まって動けずにいた。アーロンも息を呑《の》み、宰相や近衛騎士も同様だった。アドリアーヌの悲鳴と侍女の泣きじゃくる声だけが室内にこだましていた。皇帝がアーロンに罰を与えるかもしれないとは思っていても、まさかアドリアーヌを斬りつけるとは思いもしなかった。

「……」

玉座から皇帝が何事か呟いた。リドリーはどきりとして、顔を上げた。皇帝は何かの呪文を呟き、すっと手を上げた。

「アドリアーヌは不敬な真似をしたので、許可が出るまで塔に幽閉する。これに対する申し立てはすべて却下する」

皇帝がそう告げたとたん、空気がずんと重くなった。加護持ちのリドリーには、皇帝が何かの術を使ったのが分かった。その証拠に、皇帝の発言の後、宰相や近衛騎士、側近や臣下、侍女までもが「お言葉のままに」と頭を垂れたのだ。それは横にいたシュルツも例外ではなく、リドリーはとっさに顔を下に向けた。この場で返答を返さなかったのはアーロンと自分だけで、ひたすら困惑している。

「アドリアーヌを連れていけ」

皇帝の指示を受け、侍従や侍女がアドリアーヌの応急処置を始める。アドリアーヌは息も絶え絶えで、出血も多かった。すぐに医師が呼ばれ、アドリアーヌを担架に乗せて運び出す。不思議なことに、謁見の間でアドリアーヌが血を流しているというのに、医師は驚いた様子もなく淡々と手当てをしている。

「アーロン殿、お見苦しいところをお見せした。アドリアーヌのことは気にしないで、好きな皇女を選ぶといい」

皇帝は鷹揚《おうよう》なしぐさでアーロンに言った。アーロンもこの場で逆らわないほうがいいと察したのか、深々と礼をした。

「……ありがとうございます。そうさせてもらいます」

アーロンはわずかに青ざめて立ち上がった。リドリーも立ち上がり、内心の恐怖を抱えつつ謁見の間を後にした。

謁見の間を出た後、リドリーはシュルツを呼び止めた。

「シュルツ、今お前……」

リドリーが息を呑んで言うと、シュルツは頭が痛いというように髪を掻きむしった。

「申し訳ありません。ひどく頭が痛いので……」

シュルツは苦しそうに眉根を寄せている。謁見の間を出てきた宰相や近衛騎士、侍女や医師もだるそうな様子だ。近くにいた者は皆同じような様子で、リドリーとアーロンだけがこの場で浮いている。

「何が起きた⁉　今、何が起きたんだ？」

アーロンは感情を抑えきれなかったのか、廊下の途中でリドリーの腕を痛いほど摑《つか》んできた。自分のほうこそ知りたいと、リドリーは首を横に振った。

分かるのは、皇帝が加護の力を使ったということだけ。

何かが行われ、シュルツを含めたあの場にいた者が魂を抜かれたようになった。リドリーは鳥肌を立てながら、少しでも遠くへ行きたいとばかりに廊下を進んだ。


その日の夜、リドリーはひそかにアーロンと連絡を取り、私室へ招いた。リドリーの私室の前の扉を見張っていたシュルツとエドワードは、夜中に訪れたアーロンに戸惑っている。二人で話があると告げ、リドリーはアーロンだけを部屋に招いた。シュルツも中に入りたがっていたが、今はシュルツと話す段階にはなかった。

謁見の間で起きた出来事は、リドリーにとって身震いするようなものだった。皇帝は皇女を斬りつけた。それなのに、その後、騒ぎ立てる者がいない。そして信じられないことに、謁見の間を出た後、シュルツはこう言ったのだ。

「アドリアーヌ様が塔に幽閉されることになりましたね。アーロン王子に咎がなくてよかったです」

シュルツはまるでアドリアーヌが斬りつけられたのを忘れてしまったかのようだった。リドリーからすると、異様な光景だった。

「何でそんな落ち着いているんだ？　皇女が斬られたんだぞ？　裁判もなく、皇族を斬りつけるなんて、いくら皇帝でも駄目だろ？」

リドリーはシュルツの目を覗《のぞ》き込んで言った。

「ええ……でも、仕方ないでしょう。あれは」

シュルツは当然といった態度で答える。シュルツとは昔からの知り合いというわけではないが、リドリーの知るシュルツからすればありえないほど冷たい言い分だった。シュルツは皇帝を嫌っているわりに、あれを仕方ない出来事だと認知している。

その上、事が皇宮内に広まり、エドワードや他の近衛騎士にも知れ渡ることになっても、誰一人文句を言わなかった。むしろ、仕方ないこと、皇帝の苦渋の決断だったと評価している。

リドリーは驚愕して、アドリアーヌの母である第一側室のフランソワを訪ねた。フランソワは娘が斬りつけられて泣いていたが、皇帝の処置は仕方なかった、私の不徳とするところだと言ったのだ。

「――アーロン王子、あれは加護の力だと思う」

皇宮内の人々の異質なさまを思い返し、リドリーは長椅子に並んで座ったアーロンに、かすれた声で言った。アーロンは絶望的な様子で天を見上げた。

「ああ、俺もそうじゃないかと思った。あまりに不自然だ。いくら皇帝が暴君でも、多少は顔色を変えるだろ。だが、皇帝が何か呟いた後、皆似たような態度になった。俺とお前以外」

アーロンもあれからずっとそのことに関して考えていたらしく、リドリーの考えを促してくる。

「俺が思うに、あれが皇帝の加護、『君主の領域』だと思う。多分……洗脳系のものではないだろうか？　術を発動した後は、誰一人皇帝の意思に逆らわなかった。俺が術にかからなかったのは、加護持ちだからだろう。アーロン王子がかからなかったのは……、考えられる可能性は、あの加護が自国民のみ有効なものかもしれない」

リドリーは思いつく限りの予測を立てた。皇帝の加護が洗脳系のものだとしたら、帝国民が非道な皇帝に対して反旗を翻さない理由が納得いく。謁見の間にいなかった者でさえ、皇帝のすることを受け入れているのだ。その効力はどこまで通用するか分からない。皇宮内だけなのか、あるいは皇都までなのか、ひょっとしたら帝国内すべての人間に通用するのかもしれない。だとすれば恐ろしい力だ。リドリーの加護など相手にならない。

「帝国内で内紛が起きるのは不可能といっていいだろうな」

リドリーは対帝国として考えていたいくつかの策が消え去って、絶望を感じた。術を発動すればその場にいる帝国民が自分の言いなりなのだ。これほど皇帝にとっていいものはない。どんな無体を働こうと、術さえかかれば皆が従う。

「お前は帝国内にその加護が通じると思っているのか？　俺はそうは思わない。いくら神様だって、あの男一人にそこまで絶大な力は与えないはずだ。もしそんな神がいたら、俺が首根っこを摑まえて説教してやるよ」

アーロンは左右の手で首を絞める形を作った。リドリーは楽天的なアーロンを羨ましく思い、苦笑した。

「それに起きた事象を書き換えているわけでもないだろう？　皇帝が皇女を斬りつけたことは皆理解している。何故《なぜ》かそれを仕方ないことと受け止めているようだが……。軽い洗脳、といったところじゃないか？」

アーロンはリドリーに発破をかけたいのか、痛いくらいの力で背中を叩いてきた。

「そうだな……。確かにそうかもしれない」

現時点ではそれ以上は分からなかったので、リドリーはアーロンと今後のことについて話し合った後、アーロンを部屋に帰した。アーロンとアーロンの護衛が去っていくのを見送り、リドリーはエドワードのみ帰宅させ、シュルツを部屋に招いた。

「シュルツ、聞きたいことがある」

シュルツと二人きりになると、リドリーは探るようにシュルツの瞳を覗き込んだ。シュルツはリドリーにじっと見つめられ、ほんのり頬を赤くした。

「皇帝が皇女を斬りつけたことを、お前は仕方ないと言ったよな？」

リドリーが向かい合って囁《ささや》くように聞くと、シュルツはどこかがっかりした様子で「ええ」と胸に手を当てた。

「それが何か？」

シュルツはまるで猫が喧嘩《けんか》したみたいな質問をされたような態度だ。ますます気味悪くなって、リドリーはシュルツの腕を摑んだ。

「俺が皇帝に斬りつけられても、そう思うのか？」

シュルツの真意を知りたくて、リドリーは真剣な口調で尋ねた。するとシュルツは反射的に首を振り、急に険しい表情になった。

「まさか！　あなたが皇帝に斬りつけられたら、皇帝陛下といえど、絶対に許しません！　反逆者と思われようと、私はこの剣であなたを――」

シュルツは突然火がついたように熱く訴えてきた。その眉根が急に寄せられ、重い頭痛をわずらったみたいに前屈みになる。

「そう――です、あなたがもし――、皇女が斬られ――」

シュルツは髪を掻き乱し、上擦った声で呟き始めた。シュルツの身体がぐらぐら揺れて、リドリーは思わずその身体を支えた。シュルツはリドリーに抱き着く形で乱れた髪を掻き上げた。

「私は――、私、は……、何だ、この不快感は……。陛下がアドリアーヌ皇女を……、あんな馬鹿げた話が……、理由もなくいきなり斬りつけるなど……」

うわ言めいた発言の末に、シュルツは床に膝を折った。シュルツを支えていたリドリーも引きずられるように床に膝をついた。

「……何故、私はあれを当然のことと受け止めていたのでしょう？」

シュルツの眩暈《めまい》が治まると、今度は動揺したように額を拳で打ち始めた。慌ててリドリーはその手を掴み、「シュルツ！」と名前を呼んだ。ハッとしたようにシュルツが固まり、リドリーと至近距離で目を合わせる。

「落ち着け。今はもうあれがおかしいと分かるんだな？」

リドリーは安堵して改めてシュルツに尋ねた。皇帝がアドリアーヌを斬りつけた件は、ふつうならばありえない話だ。暴君であるとしても、受け止め方が違う。

「はい……。何故か分かりませんが、令嬢が斬られたのは当然の話と思い込んでいました。むしろ馬鹿な真似をした令嬢のほうが悪いとさえ考えていたくらいです。陛下はあの場で令嬢を斬りつける必要はありませんでした。きちんと処罰すればよかっただけです」

シュルツはひどく疲れた顔つきで、床にどかりとあぐらをかいた。

「あの時、皇帝は加護の力を使ったのだと思う。やはり、洗脳系の能力かもしれない。こうして会話して解ける程度だから、それほど強力ではないのだろうか。あるいは、お前がソードマスターだからとか……？」

シュルツに関してはリドリーの加護の術でも、他の奴隷とは違う反応を見せた。他の奴隷が変態になるのに反して理性を保っている。これはエドワードに同じやり方で試して、反応を検証するのがいいかもしれない。エドワードもシュルツと同じように己を取り戻したら、皇帝の加護の力は強力ではない証拠になる。

「皇子……すみません、何だかとても身体が重いです」

床にあぐらをかいたままシュルツが顔を覆う。術を解いた反動だろうかとリドリーが心配になった矢先、シュルツは床に身体を投げ出して眠り始めてしまった。

「シュルツ？」

リドリーは呆気《あっけ》にとられてシュルツの鼻や口に手を当てた。息遣いは感じるから寝ているだけだ。

「こんなところで？」

私室で大の字になって眠ってしまったシュルツに、リドリーは困惑した。揺さぶってもまったく起きる気配はない。しょうがないからこのままここで寝かせようと、寝室から布を一枚持ってきてかけておいた。

今日は頭の痛くなる出来事がいくつも起きた。明日からが憂鬱だと思いつつ、リドリーは寝室に移動した。

ベッドに入ってうとうとしていると、しばらくして人の気配を感じた。シュルツが目覚めたのだろうかと思い、声がかかるまで目を閉じていた。

「……」

かすかな吐息が漏れた後、頬に手が触れる。畏れるように、それでいて慈しむように指がリドリーの頬にかかる。気配は完全にシュルツのものだったので、リドリーはそのままうつらうつらしていた。

ふいに指先が唇に触れて、リドリーはどきりとした。シュルツの指が唇を撫でてくる。目を開けようとしたが、妙にドキドキして開けられない。

（やばい、目を開けるタイミングを完全に逃した）

シュルツの指は何かを確かめるように、唇の中に潜り、歯列をなぞる。このまま寝たふりをしていたら何をされるのだろうかと、リドリーは動揺した。暗闇の中、自分の息遣いが妙にうるさく聞こえる。

「起きて……ます、か……？」

かすれたシュルツの声がして、リドリーはそっと目を開けようとした。するといつの間にかシュルツの顔が近づいていて、目を開けた時には唇が重なっていた。

「ん……」

シュルツは覆いかぶさるようにして、リドリーの唇を吸う。薄く開いていた唇の中に、シュルツの舌が潜り込んできた。それを追い出すことができずに、リドリーは重なってくる重い身体を受け止めた。シュルツは興奮した息遣いでリドリーの口内で舌を動かす。互いの舌が絡まり合い、濡《ぬ》れた音を立てて唇が重なり合う。何度も唇を吸われ、シュルツの大きな手が髪をまさぐってくる。

「……寝込みを襲うな」

唇がやっと離れた瞬間、リドリーはぼそりと呟いた。

「す、すみません」

シュルツがハッとして、身体を離す。寝室には月明かりが差し込んでいて、薄暗闇の中でもシュルツが赤くなっているのが分かった。

「お暇を告げようとしただけなのですが……、寝ているあなたを見ていたら……」

しどろもどろにシュルツが言い、咳払いする。

「何故私はあなたといると肉欲を抑えられないのでしょう……。二人きりだと思うと、箍《たが》が外れてしまいます……」

情けない自分を戒めるためか、シュルツは口元を押さえた。肉欲と言われると、尻込みする。

「皇子……あなたをお慕いしております。あなたのことで頭がいっぱいです。こんなことは今までの人生でなかった……、時々あなたのことばかり考えて気が狂いそうになります」

シュルツは耐えがたい想《おも》いをぶつけるように、震える手でリドリーの身体にかかっていた布をぎゅっと握り込んだ。

「あなたが他の男と話しているだけで、嫉妬を感じるし、一人でいるとあなたを抱く妄想で身体が熱くなります……。キスだけでは、我慢できなくなっている……。このようなあさましい想いを抱える私を、どうか嫌いにならないで下さい」

捨てられそうな子犬のような目で見つめられ、リドリーはもそもそと身体を起こした。シュルツの状態が徐々に悪化している気がする。このままいけば、他の奴隷のように変態じみていくかもしれないと不安になった。

「つまり、俺を犯したいと？」

潤んだ目で見つめられ、リドリーはつい具体的に質問してしまった。とたんにシュルツの頬が上気し、目を伏せて黙り込む。顔にそうだと書いてあって、リドリーは内心動揺した。シュルッの性器の大きさはよく知っている。あんなものを入れられたら尻が裂けるだろう。手淫ですむなら受け入れるのはやぶさかではないが、繋がりを求めているなら、こちらもそう簡単にハイとは言えない。

「この身体は帝国の皇子だぞ？　その花を散らしたいと？」

リドリーがあえて言葉を重ねると、シュルツが苦しそうにうつむいた。

「も、申し訳ありません……。私も自分がいかに分不相応な申し出をしているか分かっております。帝国の宝であるあなたと身体を重ねたいなどと……」

シュルツは少し理性を取り戻したのか、しょんぼりして後ろへ退いた。このまま拒絶してもいいが、シュルツは護衛騎士として誰よりも自分の傍においておきたい。シュルツの精神が堕落したり崩壊したりするのは困る。それに——結局のところ、自分はシュルツを好いている。そこまで言うなら、一度くらい抱かれてもいいと思うぐらいに。

「そうか。ではこうしよう。——それに値する武勲を上げたら、いいぞ」

リドリーはシュルツを操作するいい手を思いついて、ぽんと手を打った。シュルツが驚いたように目を開く。

「武勲を……？」

シュルツがごくりと唾を呑み込む。

「ああ、お前が俺を助けるような武勲を上げたら、一晩お前の好きにするといい」

リドリーはにっこりと微笑み、親指を立てた。シュルツのやる気を上げ、現状の問題を未来の自分に託す上手い手を思いついた。他人の身体を使っていいのか悩ましいところではあるが、武勲を立てて願いを叶えるのは古来続いているやり方だ。もしその時の自分が拒否したいと思ったら、「その程度の武勲で俺の身体を好きにする気か」と突っぱねればいい。

「本当ですか……？　そのお言葉、忘れませんよ」

シュルツは俄然《がぜん》やる気になって、目に光を取り戻した。シュルツの状態がまともになったのを感じ取り、リドリーは水を持ってくるよう命じた。隣室に置かれた水差しからシュルツがコップに注いだ水を運んでくる。

「ところで、突然眠りに入ってしまったが、身体に異変はないか？　加護の術を抜け出した後遺症ではないかと思うのだが」

術が解けて眠ってしまったのを思い出し、リドリーはコップを手渡すシュルツを見上げた。

「はい、もう違和感はありません」

シュルツは自分の身体のあちこちに触れ、大きく頷く。

「――皇帝のことですが、これまでもああして我々の感情を操作していたのでしょうか？」

シュルツはふっと厳しい面持ちになり、悔いるように眉根を寄せた。皇帝の術に疑問を持つ者は、リドリーのような他国の者しかいないとすれば、シュルツが疑問に感じたことなどないに違いない。

「多分な。俺にはかからなかったが、アーロン以外、全員かかっていたようだ。誰も疑問を持たなければ、加護の術を使ってたなんて知る由もないだろう」

リドリーは水を飲み干し、濡れた唇を拭った。まだシュルツの唇の感触が残っている。情熱的に求められるのは嫌いではないが、甘ったるい空気が消えてホッとした。

「お前はこれまでも皇帝に意見することがあったと聞く。反皇帝派とはいわないまでも、忠臣というほどでもなかっただろう？　それは何故だ？　ソードマスターともなると、多少の抵抗ができたのだろうか？」

リドリーは疑問に思ったことを口にした。皇帝のやり方に不満は抱いても、表立って逆らっていたのはシュルツくらいと聞く。実際処刑されそうなシュルツの恩情を願った時、皇帝は『生意気な小せがれ』と言って退けた。諍《いさか》いを起こしたとも聞くし、シュルツには皇帝の加護を半減させる何かがあったとしか思えない。リドリーの加護の術に関しても、他の奴隷とは違う反応を見せるのは、ソードマスターだからではないか。

「それは分かりませんが……、確かに何故他の者は自分と同じように憤らないのだろうと疑問を持ったことはあります。皇帝の残虐さは知っているはずなのに……。それもこれもすべて加護の力だったとは……」

今さらながら憤りを感じたのか、シュルツの身体に力が入る。

「帝国にはお前以外に、ソードマスターはいるのか？」

剣を極めた者だけがなれるソードマスターは、国に一人か二人くらいしかいない。何でもソードマスターになると切れぬものはないそうだ。シュルツも土の壁を一刀両断で斬り捨てた。

「アルタイル公爵とヘンドリッジ辺境伯もソードマスターです。帝国の騎士団長には、ソードマスターしかなれない決まりがありまして。だから私が騎士団長の座を追われ、牢に入れられた時、引退して領地に戻っていたアルタイル公爵が呼び戻されたのです。辺境伯はずっと皇都にいるわけにはいかなかったので」

「そうだったのか」

ソードマスターしか騎士団長になれない決まりがあったとは知らなかった。特に明記されていなかったので、きっとこれまでの慣例みたいなものなのだろう。

「アルタイル公爵はソードマスターだったのか……怒らせるのやめとこ」

リドリーはひそかに身震いし、眠気を感じてあくびをした。

「もう戻れ、明日も忙しい」

リドリーは追い払うように手を振った。シュルツは未練がましそうにリドリーを見ていたが、深く頭を下げて「おやすみなさいませ」と言って寝室を出て行った。

少しずつ情報が出ているが、まだ多くの疑問は残っている。皇帝の加護はこの先、リドリーを苦しめる最大のものだという気がして、リドリーは気を引き締めた。

◆5　アンティブル王国へ

アーロンが滞在する最終日になり、謁見の間へ使節団と皇族、宰相や管理職の貴族が集まった。そこにはアドリアーヌの姿はなかったが、異を唱える者はいなかった。アドリアーヌは一命を取り留め、塔でひそかに治療を受けている。謁見の間にいる母親のフランソワ妃の顔色が悪いのは、娘を案じてのことなのか、自分の立場を憂えてのことなのかは分からない。

アーロンは帝国での滞在に感謝を告げ、両国がこの先も絆《きずな》を繋《つな》いでいけたらと歯の浮くような台詞《せりふ》を平然と口にした。皇帝はアーロンにどの皇女を娶《めと》りたいか尋ねた。

「私はスザンヌ嬢の美しさ、聡明《そうめい》さに惹《ひ》かれております。できることならば、私の伴侶としてアンティブル王国へ嫁いでいただきたい所存です」

アーロンの宣言に、臣下一同から「おお…」と声が上がった。名を挙げられたスザンヌは顔色一つ変えず、皇帝の横に並んでいる。フランソワの隣にいたサリアは絶望的な表情で震えている。他の皇女たちはちらちらと両隣に視線を送っていた。

「スザンヌか。よい組み合わせではないか。スザンヌ、どうだ?」

皇帝は玉座から、ふんぞり返ってスザンヌに問う。スザンヌは楚々《そそ》とした態度で「陛下のお心のままに」と答えた。これにより、両名の婚姻が成立した。リドリーが先んじて拍手すると、つられたように臣下から拍手が起こった。

「帝国の太陽に、お礼申し上げます。私と皇女の婚姻が、国交回復の礎となれたら嬉《うれ》しく思います。つきましては、調印式はぜひ我が国でやっていただきたい！」

アーロンは浮き立った様子で両手を広げて高らかに告げた。

「スザンヌ嬢との婚姻式と両国の調印式を、ぜひ我が国で！　調印式には皇族が必要です。どうでしょう、ベルナール皇子《おうじ》に我が国へいらしていただくというのは」

芝居がかった態度でアーロンは、リドリーに向かって優雅に手を差し伸べた。とたんに宰相を始め、皇帝の側近や臣下がざわめきだす。

「皇子をアンティブル王国へ招くのは時期尚早かと」

宰相がたまりかねたように口を挟む。

「そうです、帝国の唯一の男性王位継承者ですから、万が一のことがあったら」

臣下が反対意見を口にする中、リドリーは咳払《せきばら》いして一歩前に進み出た。

「陛下、恐れながら意見を口にすることをお許し下さい」

リドリーは胸に手を当て、皇帝を窺《うかが》う。

「申してみよ」

皇帝は値踏みするかのごとく、リドリーの頭からつま先まで見下ろした。

「国交回復は私に任された事案です。勉強のためにもアンティブル王国へ行き、この事案をやり遂げてみたいです」

リドリーは熱っぽい眼差《まなざ》しを皇后に注いだ。皇后は皇子の立派な態度に感涙して、ハンカチでそっと目元を拭った。後押ししてくれと目で訴えたつもりだが、皇后はリドリーが思う以上に皇子を溺愛していた。

「ベルナール、あなたを応援したいけれど、隣国へ行かせるのは危険だわ。他の皇女でも側室でも構わないでしょう」

後押しを期待した皇后は、皇子が帝国を離れるのを望んでいない。内心の苛立《いらだ》ちを抑え込み、リドリーは味方してくれそうな人間を探した。宰相が反対しているのもあって、臣下も他の者に行かせるべきではないかという意見に流れている。これはまずいと青ざめたリドリーに、アーロンが笑い出した。

「ベルナール皇子の身の安全は私が保証致しましょう。それに……」

アーロンはお茶目なしぐさでウインクしてくる。

「帝国の第一皇子は臆病で無能という噂《うわさ》は本当だったのでしょうか？」

軽い口調ながら、煽《あお》るような言い方でアーロンは反対する臣下をけしかけた。ムッとした空気になったが、中でも皇后の憤りが重苦しい空気を生んだ。扇をへし折りそうな勢いで、壇上からアーロンを見据える。

「アーロン王子、口に気をつけるように。ベルナールは臆病でも無能でもありません。陛下、どうでしょう。ベルナールは他国への政務がまだありません。今回の調印式を初めての海外公務とするのは」

皇后が居住まいを正して皇帝に申し立てる。皇帝はずっと考え込むように顎を撫《な》でていたが、玉座にもたれ、ひらひらと手を振った。

「よいだろう。ベルナール皇子を行かせる」

皇帝の言質を取り、リドリーは内心ガッツポーズをした。これで！　とうとう！　アンティブル王国へ行ける！

「私にお任せいただき、感謝の念に堪《た》えません。帝国の皇子として、名に恥じない行いをしてくる所存です」

リドリーは堂々した物言いで、隣国へ向かうことを宣言した。宰相もここまでくると否やとは言い難かったようで、しぶしぶと認めてくれた。リドリーに冷たい眼差しを注いできたのは、スザンヌとミレーヌ妃だけだった。ミレーヌ妃は女帝にしようとした娘が隣国へ嫁ぐことになり、はらわたが煮えくり返る思いに違いない。だが皇帝の手前、ミレーヌ妃もスザンヌも愚かな発言はしなかった。アドリアーヌの件が、皇女の間に暗い影を落としている。

あの時、皇帝がアドリアーヌを斬りつけたのは、馬鹿な娘を諫《いさ》めるためでも、処罰するためでもない。

一度忠告したにも拘《かか》わらず、アドリアーヌが騒ぎ立てたせいだ。大人しく謹慎していろという言葉を、アドリアーヌは破った。自分の忠告を無視する者は、たとえ娘であろうと斬り捨てる。ベルナールがひきこもって怠惰な生活をしていたのは、皇帝の恐ろしさをよく知っていたからかもしれない。

(皇帝の本性が少しずつ分かってきた。この男は自分本位で自分の意のままになる者しか用がない。兄である皇帝一家を滅ぼし、自分が帝国のトップに立ったが、国を愛する心も誰かを愛する心も欠けている。残虐な行為に喜びを見出《みいだ》している、血に飢えた獣だ。かろうじて皇帝で居続けるために政治を取り仕切っているが、それすらもいずれ飽きるかもしれない)

この男をこのまま野放しにしていいのだろうか。皇家の人間が何人死のうがどうでもいい、と言いたいところだが、皇子の身に宿り、周囲の者に対する情も湧いてきた。皇帝が皇后やシュルツ、エドワードや近衛《このえ》騎士たちやメイドのスーに魔手を伸ばすなら、到底放っておけない。

(皇帝を……倒す、か)

大それた野望が一瞬頭を過《よぎ》り、リドリーはすぐに首を横に振った。今のリドリーにはそこまでの覚悟はない。

とにもかくにも、ようやくアンティブル王国へ赴ける算段がついた。

あとは、何事もないように神に祈るのみだった。

アーロン王子が皇都を離れ、リドリーはアンティブル王国へ調印式に赴く準備を始めた。両国の話し合いで、スザンヌとアーロンの婚姻は二カ月後に行われることに決定した。皇族である皇子と皇女の他に、近衛騎士とスザンヌと一緒に隣国へ同行する侍女が行くという手はずになった。スザンヌはアドリアーヌと違い人望があったのか、スザンヌの侍女を務めていた二名の男爵家の令嬢が一緒にアンティブル王国へ行くと申し出てきた。国交を閉じていた国へ嫁ぐのだ。スザンヌも信頼できる侍女が必要だろう。

国へ戻れる日が近づくとリドリーは心が浮き立って仕方なく、気を引き締めていないとにやけてしまいそうだった。何しろ、ぶよぶよに太った身体《からだ》で目覚めてから、一年が経《た》っている。もうこのまま帝国に骨を埋めるのだろうかと不安になったくらいだ。

(ここまでの道のり、長かったなぁ)

やっと皇都を出た時には、馬車の中でそっと目頭を覆ったほどだ。

皇家の二台の馬車にはそれぞれスザンヌと侍女、リドリーとシュルツ、エドワードが乗り込んでいる。皇族を乗せた馬車の前後には、馬に乗った近衛騎士がついている。アンティブル王国へ贈る品や調印式に必要な印章、食糧や衣類、宝石を乗せた馬車は後方だ。

「ときに皇子、あのニックスという男は信頼に足る人物なのでしょうか?」

馬車に揺られている最中、エドワードに不審そうに見られ、リドリーは浮かれ気分を引っ込めた。そうなのだ、アンティブル王国へ行くメンバーの中に、ニックスをしれっと入れておいたのだが、エドワードはそれが引っ掛かっている。エドワードからすれば、ニックスは皇子の権力を求めて近づいた危険人物なのだろう。リドリーがニックスを重用しているので、自分が心を配るべきと思っている。

「有能な人物であるのは間違いない。彼は使節団として一緒にアンティブル王国へ行った仲だろう? 何か不審な点でもあったか?」

リドリーが首をかしげると、エドワードは長いまつげを揺らした。

「いえ……。ですが、どこか得体が知れないと申しますか……」

勘のいいエドワードはニックスに対して不気味さを感じている。長年一緒にいるリドリーでさえ謎に思う部分が多い男だ。リドリーが助けを求めるようにシュルツに視線を向けると、仕方なさそうにため息をこぼす。

「私も注意して見ておきましょう。皇子に害を及ぼす男ではないようですが」

シュルツにフォローされ、エドワードも納得して頷《うなず》いた。シュルツはリドリーと親しいニックスを快く思っていない。ニックスはもともと誠実な男から苦手とされる傾向がある。

「その男はともかく、ミレーヌ妃はこのまま大人しくしているでしょうか?」

シュルツにとってはミレーヌ妃のほうが危険人物だ。リドリーも警戒していたが、あの後ミレーヌ妃から何かの妨害を受けたことはない。女帝に仕立て上げたかったスザンヌがアンティブル王国へ輿入《こしい》れすると決まり、その準備に大忙しだったせいだろう。最後のあがきで、リドリーを暗殺する可能性も視野に入れていたが、そこまで愚かではなかった。

「俺が皇太子にでもなっていたら、本気で殺しにかかってきたかもしれないがな。俺を殺したところで、スザンヌが女帝になれる道は険しいと気づいたのだろう、アドリアーヌの一件で」

リドリーは唇を歪《ゆが》めて吐き出した。皇帝がアドリアーヌを殺しかけた一件は、皇女たちに緊張を走らせた。皇帝の暴君ぶりを知っていても、自分たちは大丈夫だろうと高をくっていたのだが、それが浅はかな考えだと知らされたのだ。幸いアドリアーヌは回復したが、大きな傷跡が残って本人は絶望していると近衛騎士から報告を受けた。アドリアーヌの身は未《いま》だ塔の中だ。皇帝はアドリアーヌを解放する気はないらしい。

「皇帝の加護は……恐ろしいですね」

エドワードが膝に置いた手をぎゅっと握って言う。

あの後、折を見てエドワードにはシュルツにしたのと同じ質問をした。何度もあの状況を問いただしていくうちに、エドワードもシュルツと同様に頭の痛みを訴えて、夢から覚めたように皇帝の非道さを口にした。

皇帝の加護は、洗脳、あるいは暗示だというのが確定した。そしてそれは、深く問い詰めていくと解けるくらい軽いものであることも。シュルツの思い込みが解けたのはソードマスターという能力のせいかと思ったが、そうではないエドワードも解けたので、術自体が軽いのだろう。その分、広範囲に効くのかもしれない。

「これまでも何度かあったのかもしれません。皇帝に対して思うところはありましたが、主君として命を捧《ささ》げるのを疑ったことはありませんから」

エドワードはこの場に三人だけというのもあって、ふだんは口にしない発言を漏らした。

「それはここまでに留《とど》めておけ。どこで誰が聞いているか分からないからな。あの皇帝のことだ。たとえ俺が唯一の息子だろうと、イラッとしたら斬りかねない」

リドリーはつい茶化すように言った。エドワードが戸惑い気味に「ご冗談を」と小声で止めた。

「皇子は……陛下との関係を諦めたのでしょうか？　以前のベルナール皇子とは、陛下に対する温度差が違いすぎて……」

エドワードに不審がられて、リドリーは慌てて咳払いした。確かに先ほどの発言は息子というより第三者の立場の発言に聞こえる。

「まぁ、それくらい陛下に対して安心はできないという意味だ。ところで社交界はどうなっている？　アドリアーヌが消え、スザンヌも嫁いだのだ。今の社交界は誰が仕切っているんだ？」

話を逸《そ》らすために、リドリーはシュルツとエドワードに尋ねた。浮いた噂のないシュルツは社交界にあまりくわしくなかったが、エドワードは婚約者から聞いた話を教えてくれた。

「今の社交界は皇后派と第二側室のミレーヌ妃派が中心となっているようです。他には公爵家の令嬢エリザベス様や男爵家のマリアンヌ夫人が人気です」

エドワードに社交界で流行《はや》っている話をいくつか聞き、リドリーは「ほうほう」と相槌《あいづち》を打った。社交界はどの国でもやはり女性が中心になる。華やかなドレスや機微に富んだ話術、ダンスの上手さなどで目立ったものが頭角を現す。

「エリザベス嬢か……。母上がどうやら彼女と俺を取り持ちたいようだ」

リドリーはため息をこぼして、肩をすくめた。シュルツが不安そうに前のめりになってくる。

エリザベスは公爵家の次女で、十七歳の美しくしとやかな娘だ。まだ婚約者はおらず、そろそろ適齢期に入るので婚約者候補を絞っていると聞く。

「家柄的に釣り合いますしね。エリザベス嬢は悪い方ではないと思いますが」

エドワードはシュルツの気も知らず、令嬢を勧めてくる。皇后に全部準備を任せたせいか、リドリーの誕生祭にもエリザベスは招かれ、皇后から直接エスコートするよう申しつけられた。

「エリザベス嬢は筋肉ムキムキの男が好みだぞ。俺といても貼りつけたような笑顔しか見せないが、シュルツやアルタイル公爵の前では目をキラキラさせる」

誕生祭での一幕を思い返し、リドリーはシュルツに話を振った。シュルツは啞然《あぜん》とし、エドワードは釣られたように笑った。線の細い、いかにも皇子様っぽいリドリーの容姿はエリザベス嬢のお気に召さなかったらしい。

（しかし婚約話が出てきて困ったものだ。他人の俺が結婚という一大事を勝手に決めるわけにもいかないし）

リドリーとしては大きな悩みの種だった。貴族である以上、家柄の釣り合う相手との婚姻は当たり前だが、ベルナールの身体を乗っ取っている状態で相手を選ぶわけにはいかない。シュルツとは男同士だし、子どもができるわけでもないのでそこまで問題ではないと思うが、相手が家格の高い令嬢なら責任を持たねばならない。

情報交換に勤《いそ》しんでいるうちに、馬車は町や村を通り過ぎていく。今回はスザンヌの輿入れというのもあって、宿泊する場所があるルートで移動する。泊まるところは主に伯爵家や男爵家の城で、そういったものがない場合に限り、民泊もする予定だ。婚姻式を二カ月後に設定したのは、移動の時間も含めての調整だ。

予定通り進むのを願って、リドリーは少しずつ故郷に戻るのを心から喜んでいた。

アンティブル王国の王都に帝国の馬車が入ったのは、朝早い時間だった。

懐かしい王都の景色に胸を躍らせていたのはリドリーだけで、同じ馬車に乗っていたシュルツもエドワードも、馬車の前後についていた近衛騎士たちも緊張感のある面持ちで背筋を伸ばしている。

（あー空気が美味《うま》い！）

アンティブル王国に入ってから、リドリーの機嫌は最高潮で、小躍りしたいくらいはしゃいでいた。とうとう祖国へ戻れたのだ。

だが、その喜びはアンティブル王国の民たちと出会うまでだった。

アンティブル王国の民は帝国の馬車を恐ろしげに頭を低くして見送っている。アンティブル王国からすれば、帝国は巨大な侵略者だ。今回の婚姻式による国交回復に対して半信半疑といったところらしい。もう少し根回ししてくれればいいのにと思ったが、リドリーの代わりを務めている宰相補佐のケヴィンはそつのない政策を取るタイプで、国民同様、まだ帝国を信じ切れていないのだろう。アンティブル王国との国境付近で待ち構えていたアンティブル王国の騎士団の護衛がなければ、国民は逃げ出していたかもしれない。

アンティブル王国に入って浮かれていたが、国民の様子を目の当たりにして冷静さが戻ってきた。自分は悲しいことに帝国の皇子でしかない。

（まぁ、これは俺がいかに帝国の奴《やつ》らが非道でいけ好かない奴か、唄にして広めたせいもある）

在りし日の自分の策を思い返し、リドリーは内心冷や汗を垂らした。ここでもまた自分の放った矢が戻ってきて、自分の頭を貫いている。アンティブル王国にいた頃は、帝国が憎たらしくてあの手この手で攻める算段を考えていた。国交回復など考えたこともない。皇子をひそかに暗殺しようとしたこともそうだが、どうにかして帝国を滅ぼせないかと日夜頭を悩ませていた。

帝国の人間に入れ替わって、帝国民はリドリーが思うほど非道な者ばかりではないというのも分かった。どの国だろうと、人々の生活はあまり変わらない。家族を愛する心も、恋人を好きになる心も、友人を助けたいと思う心も同じだ。以前の自分は、いつ何時帝国が攻めてくるかに神経を尖《とが》らせていたので、視野が狭くなっていた。

「城が見えてきましたね」

シュルツが窓から外を覗《のぞ》き込んで言う。日が高くなる前に、馬車は王城に辿《たど》り着いた。王城は小高い丘の上にあり、そこに至るまでの道は石垣がジグザグに配置され、簡単には進めないような造りになっている。かつては毎日のように登城していた道だ。懐かしくて、誰かとこの感情を共有したいと思ったが、エドワードがいる手前、口にはできなかった。

「ここで待つようにとのことです」

道を半分ほど来たところで、御者が馬車を停め、扉を開いて言った。シュルツとエドワードが降り立ち、リドリーも続けて馬車から降りた。城から迎えの者がやってくるようだ。後ろについていたスザンヌの乗った馬車も停まり、中から侍女とスザンヌが降りてくる。スザンヌは白いドレスにベールのついた帽子を被《かぶ》っていて、少し暑そうに侍女に額の汗を拭われている。アンティブル王国は夏の盛りで、日差しが少し強い。

待つほどもなく、馬が闊歩《かっぽ》する音が近づき、礼服を着たアーロンを先頭にして、出迎えの集団がやってきた。

「やぁ！　お待ちしていたよ！」

アーロンはリドリーを見つけると軽くウインクして、すぐさまスザンヌの元へ足を向けた。アーロンはここまでの道のりをねぎらい、スザンヌに綺麗《きれい》だの待ちわびただの、今日のあなたは王国一美しい花だのといった美辞麗句をまくしたてた。スザンヌはそれに喜んだそぶりもなく、淡々と受け答えをしている。

「ベルナール皇子、遠路お疲れでしょう。城へ案内しますので、どうぞ」

アーロンはスザンヌとひとしきり会話すると、リドリーに向き直って優雅に礼をした。すっと大きな手を差し出され、リドリーはニヤリとした。

「よろしく頼みますよ。大事な義妹の婚姻式ですから」

リドリーはアーロンの手を取って、しっかりと握り返す。リドリーは馬に乗り換えて、アーロンと共に坂道を進んだ。アーロンは、スザンヌに自分の馬に乗らないかと誘ったが、馬車でいいと断られたそうだ。しばらく馬で行くと、高くそびえたつ大きな黒い門が現れる。門の前には槍《やり》を構えた衛兵がいて、ぴんと伸ばした背で敬礼する。登城する際にはここで検問が行われるが、今回は輿入れというのもあって帝国の人間に不審人物が紛れ込んでいないかのチェックを任された。

「全部で三十五人、問題ない」

リドリーは全員の点呼を行い、顔を確認して門を通るよう命じた。アンティブル王国へ赴いた人数は本来なら三十六人で、いないのはニックスだ。アンティブル王国に入った時点で、別行動するよう言ってある。

同行した近衛騎士は厳選して、アンティブル王国に恨みや復讐《ふくしゅう》の念を抱いていない者を採用した。調印式を終えるまではまだ両国は国交を閉じている状態だ。万が一のことがないよう、念入りに素性を調査した。

「ようこそ、アンティブル王国へ」

門を通るとアーロンがニヤリとして囁《ささや》いた。リドリーは思わずアーロンと軽く手をタッチさせた。とうとうアンティブル王国の王城に来た。一年前までは毎日のように登城していたのに、ここに来るまで一年かかってしまった。

「やることが山積みだ……」

リドリーは小声で自分に言い聞かせた。国に戻れたらやるべきことがいくつもある。何よりもまず、自分の身体に戻りたいと、不安と期待が入り混じった気持ちで、青く広がる空を見上げた。

アンティブル王国の王族との対面は、謁見の間で行われた。久しぶりに見る国王と王妃、王太子であるゼノン王子、王太子妃、王女のクリスティーヌ、マリアンヌが揃《そろ》って並んでいた。第二王子は身体が弱く、静養していた領地からこちらへ来たものの、また具合が悪くなってこの場には来ていなかった。アンティブル王国の国王は穏やかな人柄で、顔つきや佇《たたず》まいにもそれが表れている。逆に王妃は気が強く、肝の据わった女性だ。王太子のゼノンは父親似で、臣下の話をよく聞く人柄だ。自分はいずれゼノン王太子の右腕として、国を良い方向へ舵《かじ》取りしていくつもりだった。

「遠路はるばる、よくいらした。帝国の皇子と皇女をお迎えできることを喜ばしく思う」

国王が柔らかい口調でリドリーたち一行を迎え入れる。謁見の間には主だった官職の者が来ていて、帝国からの訪問者、特にリドリーに視線を集めている。宰相補佐のケヴィンは王族の近くに立っていて、じっとこちらを見据えていた。

「こちらこそ、此度《こたび》の婚姻による国交の再開を受け入れていただき、感謝いたします。私はベルナール・ド・ヌーヴ。帝国の第一皇子です。横にいるのは、義妹のスザンヌです」

リドリーは優雅に一礼して、王家の面子《メンツ》に自己紹介をした後、横にいるスザンヌを紹介した。

スザンヌの隣には、アーロンがにこにこして立っている。本来なら王太子の隣にいるべきなのだが、妃《きさき》になるスザンヌを思いやってか隣から動かなかった。

「スザンヌ・ド・ヌーヴと申します。帝国より参りました。至らぬ身ですが、良きご縁となるよう願っております」

スザンヌは美しいカーテシーを見せ、顔を上げた。隣にアーロンがいるのでやりづらそうだ。

「私はアーロンの母、ユリアナです。おいでになるのを心待ちにしておりましたよ。アーロンがあなたはよい妃になると、うるさいくらい言ってくるのです」

王妃は花が開くような微笑《ほほえ》みを浮かべ、アーロンをからかう。

「スザンヌは初めて目を合わせた瞬間から、俺の心を射抜いたのです！　罪な女性ですよ。しかもアカデミーを首席で卒業した賢さも持ち合わせております。お互いに足りない部分を補いあえると思いませんか？」

アーロンはスザンヌを呼び捨てにして、馴《な》れ馴《な》れしく肩を抱く。スザンヌがベールの下で顔を引き攣《つ》らせたのが見え、リドリーはあやうく笑いそうになった。アーロンはよく言えば人なつっこく、悪く言えば不作法だ。まだスザンヌが許可もしてないうちから呼び捨てにしているし、婚姻前なのに身体に触れている。スザンヌは怒るかと思ったが、ぐっと堪《こら》えてアーロンの腕をそっとつねった。いてて、とアーロンが手を引っ込め、おかしそうにスザンヌを覗き込む。

「歓迎されない、などということはないぞ？」

アーロンがこそっとスザンヌに耳打ちする。スザンヌの頬が赤くなり、反射的にかアーロンを押しのけた。その様子を見て、案外この二人は上手《うま》くいくかもしれないなとリドリーは考えた。

スザンヌは出発前に皇帝に呼び出され、何か密談をしていた。スザンヌはアンティブル王国へ嫁ぐのを受け入れたが、内心では忸怩《じくじ》たる思いだったに違いない。女帝になる野望は消え、間諜《かんちょう》の真似事《まねごと》を命じられたのだ。自分の身の安全についても心配だろうし、夫や夫の家族となる者を騙《だま》す心苦しさもある。結婚は墓場などという言い方があるが、それに近い気持ちだったろう。それを見抜いたかのように、アーロンはスザンヌを大げさなくらい受け入れるそぶりを見せた。スザンヌがアーロンの良さに気づき、心から愛するようになってくれたら、これ以上ない喜びだ。

「今宵《こよい》は宴を催すつもりだ。それまで、しばし疲れを癒してくれ」

国王がねぎらうようにリドリーたちに声をかける。婚姻式や調印式の細かい打ち合わせは宴の際行うことになり、リドリーたちはそれぞれ案内された部屋へ行くことになった。リドリーは初めて会ったそぶりで王太子や王女と会話した。彼らはリドリーに見せる気安い態度は一切見せず、帝国の皇子に対する礼儀を尽くしてくる。それに少し寂しさを感じたが、感傷に浸っている暇はなかった。

リドリーやスザンヌには貴賓室が宛てがわれ、同行した近衛騎士には専用の宿舎が割り振られた。リドリーは明るい日差しの入る空色の壁紙の部屋で、アンティブル王国で有名な家具屋の家具で統一された私室と、紺色の壁紙に大きなベッドのある寝室の二間に分かれた部屋だ。

「ベルナール皇子、こちらは皇子につける侍女だ」

部屋を案内してくれたのは、ゼノン王太子で、楚々とした令嬢を二人呼びつけていた。顔に見覚えがあったので、伯爵令嬢だろう。王太子としてはここでさらに両国の絆を増やそうと考えたのかもしれない。

「いや、侍女はいらない。用は護衛騎士に任せるので」

リドリーは侍女が名前を名乗る前にそう告げた。侍女二人はがっかりした様子で王太子に視線を向ける。

「そうか、それは失礼した。お前たち、もう行っていい」

ゼノン王太子は粘ることなく、侍女二人を下がらせる。ゼノン王太子はリドリーと共についてきたシュルツとエドワードを振り返り、軽く頷く。

「何か用があったら、そこにいるメイドに申しつけてくれ。できる限り、要求には応えられるようにしよう」

廊下の壁際に置かれた椅子に控えているメイドを指さし、ゼノン王太子が言う。シュルツとエドワードが「分かりました」と声を揃えた。他に必要なものがないか聞かれたが、リドリーは「気遣いに感謝する」と言っておいた。使用人がリドリーの荷物を部屋に運び入れていくのを見守り、リドリーはゼノン王太子と握手をかわした。以前は敬語を使っていた相手と対等に話すのは慣れないものだが、ゼノン王太子に自分の事情を明かすわけにはいかない。

「では、宴の時にまた」

ゼノン王太子が引き上げた後、荷物も運び入れ、リドリーは私室に入った。シュルツとエドワードが荷物を開けていく中、ノックの音がして返事を待たずにアーロンが顔を出した。

「やぁやぁ、荷解きかな、お疲れさん」

アーロンは相変わらず親しげな口調で勝手にずかずか入ってくる。ふだんなら叱りつけるところだが、今は都合がいい。

「アーロン、頼みがある。今すぐ城を出て行きたい場所がある。通行許可証をくれ」

リドリーは入ってきたアーロンに手を差し出した。アーロンが面食らって両手を上げる。面食らったのはアーロンだけではなく、シュルツとエドワードも同じだった。

「今から？　宴が始まるまで、三時間もないぞ？」

尻込みするアーロンに同調するように、シュルツとエドワードも荷物を放り出して寄ってくる。予定では明日出かけるつもりだったが、予定より早く着いて時間ができた。

「皇子、今からどこへ？」

「何をなさるおつもりですか？」

シュルツとエドワードに囲まれ、リドリーは腕を組んだ。

「シュルツは俺と同行し、エドワードは残って俺がいるかのように振る舞え。誰か来ても、俺は具合が悪いと言って、追い返すんだ」

リドリーの命令にシュルツは喜び、エドワードはショックを受けた。

「皇子、ここはまだ同盟国ではないのですよ？　勝手に出て行かれては……」

生真面目なエドワードの説教が始まりそうだったので、リドリーはアーロンをびしっと指さした。

「アーロン！　通行許可証！」

リドリーが鋭い声で命じると「うえっ」と変な声を上げながら、アーロンが急いで廊下を走っていく。アーロンとは昔からこんなふうに何かを命じることが多かったので、習性が身についているのだ。

「俺がこの国にいられるのは三日だけだ。一分一秒も惜しい」

リドリーはそう言うなり、茶色い大きな鞄《かばん》から、布にくるまれたものを取り出した。二人ともこんなものが荷物に入っていたのは知らなかったようで、出てきたものに目を丸くしている。

「いつの間にこのようなものを……」

エドワードが頭を抱える。出てきたのは黒髪のウイッグと、着古したジャケットとズボンだ。

リドリーは着ていた礼服を脱ぎ去り、それらを身に着けた。ちょっといいとこの坊ちゃんくらいに見える。

「シュルツ、お前も近衛騎士のマントを脱げ。それは目立ちすぎる」

シュルツが着ているのは帝国の近衛騎士の制服だ。代わりにフード付きのローブを手渡す。シュルツは訳が分からないまま、マントを外し、ローブを羽織る。用意のいいリドリーにエドワードは諦めたように首を振った。

「何をなさるか分かりませんが、皇子が出かけたことは内緒にしておけばいいんですね？　戻って来る時にはノックの合図をして下さい」

エドワードと言い争っている時間はなかったので、リドリーはねぎらうようにエドワードの肩を叩《たた》いた。少ししてアーロンが戻ってきて、通行許可証を渡してくる。

「馬もいるだろ？　一頭しか用意できなかったが」

アーロンは通行許可証を取りに行く傍ら、馬の手配もしてくれた。手際のいい彼に礼を言い、リドリーは黒髪のウイッグを撫でつけた。帝国では皇家の証《あかし》とも言われた薄紫色の瞳だが、アンティブル王国ではそれほど知れ渡っていない。髪色をよくある色に変えたら、誰も帝国の皇子とは思わないだろう。

「エドワード、頼んだぞ。宴までには戻って来る」

リドリーはそう言いおいて、シュルツと共に部屋を出た。アーロンは途中までついてきたが、王子が一緒だと目立つので廊下の角で別れた。

王城内はリドリーがよく知る場所だ。人気《ひとけ》のない道を通り、素早く城を出て、使用人の振りをして廄舎《きゆうしや》に向かう。アーロンの用意してくれた葦毛《あしげ》の馬を引き、通行許可証を使って「足りない調味料の仕入れに行く」と門番に告げて城を出た。

「どこへ行かれるんですか？」

シュルツが馬に跨《またが》り、リドリーの手を引っ張る。リドリーはシュルツの後ろに乗り込むと、急《せ》いた気分で馬の腹を蹴った。

「俺の屋敷だ」

リドリーの声に促され、シュルツが手綱を握って馬を走らせる。風を切って走りながら、リドリーは逸《はや》る気持ちを抑えきれずにいた。

城から馬で駆けること三十分、なつかしい我が屋敷が見えてきた。リドリーの屋敷は王都の中心街にある。経営能力のなかった父が領地を奪われたので、家門自体に領地はない。この屋敷はリドリー自身の能力で王家に力を認めさせ、褒賞として与えられたものだ。宰相としての仕事で頭角を現し、いくつかの商売を経て、執事や使用人、メイドを雇い入れた。

「お待ちしておりました」

屋敷の前の門には、執事服のニックスが待ち構えていた。ニックスはアンティブル王国へ入った後、さりげなく集団から外れてもらい、一足先に屋敷へ向かわせていた。帰る時も、国を出る前にさりげなく合流させるつもりだ。

「ここにいられるのは一時間程度しかない」

リドリーは馬から飛び降り、急くように言った。シュルツも馬から降り、畏れるように屋敷を見上げる。

「ここが……あなたの」

シュルツはずっと強張《こわば》った顔つきをしていて、言いたいことを呑《の》み込んでいるようだった。本当なら一人で来ようと思った場所だが、皇子の身で何かあったらまずいので、事情を知るシュルツだけを連れてきたのだ。

「ああ。ニックス、皇子はどこにいる？」

リドリーはニックスの開けた門を潜り、緊張して尋ねた。これから自分自身と会うかと思うと、リドリーも身体が固くなった。まさか自分と対面する日がこようとは。

「こちらです」

ニックスは馬を使用人に預け、手招きする。使用人はリドリーがよく知るボブという小柄な男性で、「来客ですか？」とリドリーたちを見て困惑している。

「こちらは構わなくていい」

ニックスは来客に戸惑う使用人たちに声をかけ、リドリーとシュルツを屋敷内へ入れた。ニックスは二日前に屋敷に戻っていたそうで、溜《た》まっていた執務をこなしてくれた。長い間、屋敷を空けているので仕事が溜まっている。

「執事長、こちらは……？」

メイドのミーアが奥から出てきて、リドリーとシュルツの登場にまごつく。ミーアは白髪混じりの中年女性で、信頼できる仕事ぶりをしている。懐かしい面々に声をかけたくなるのを必死に我慢した。いきなり自分がリドリーだと言い出したら、彼らに正気を疑われる。

リドリーはニックスと共に地下への階段を下りた。地下は貯蔵室になっていて、物置と化しているのだが、その一室をベルナール皇子を監禁する部屋にしたらしい。ニックスに言われ、おそるおそるドアの小窓から中を覗いた。

部屋の中には中央にベッドがあり、そこに若い男性が寝転がっていた。いびきを掻《か》いて寝ているようだ。リドリーはその姿を見るなり大きな衝撃を受けて、眩暈《めまい》を起こした。

「あいつは……あいつは、でぶ製造機かっ‼」

リドリーが叫んだのも無理はない。痩せてすらりとしていたはずの自分の身体が、二倍に膨れ上がっていたのだ。しかも茶色い髪はぼさぼさ、頬はぱんぱんになっているし、肌荒れもしている。腹を出して寝ているのも耐えがたいが、いびきまで掻いている。

「落ち着いて下さい」

部屋に駆け込み、自分の首を絞めようとしたリドリーを、ニックスが止める。くらくらきてドアから離れるリドリーの代わりに、シュルツが中を覗き込んだ。

「あれが……あなたの真の姿……」

シュルツが感銘を受けたように呟《つぶや》く。

「真の姿じゃないっ」

誤解を解こうと、リドリーは大声で遮った。ドアの外で大騒ぎしていたら中の人間は気づくかと思いきや、ぐーぐーと寝ている。腹が立つ。こっちは太った身体を細くするのに大変だったのに、あっちは怠惰な生活を送っていたのだ。

「地下に監禁したので出せと反抗するかと思ったのですが、好きなだけ食事させたら大人しくしているようです。ひきこもりと聞きましたが、すごいですね。俺なら耐えられませんけど」

ニックスもベルナール皇子のひきこもりぶりに驚いている。本当にこんなのが帝国の皇子とは、あの皇帝に対する嫌がらせとしか思えない。

「どうします？　会いますか？」

ニックスに聞かれたが、リドリーはよろめきながら部屋から離れた。

「いや……今はやめておく。落ち着いて話ができる自信がない」

この荒れ狂う心では、自分自身と対面して何をしでかすか恐ろしい。リドリーは力なく階段を上った。

「俺が目を通さなければならない書類を出してくれ」

リドリーは同情気味なニックスに、弱々しく声を出した。ニックスと共にリドリーは執務室へ向かった。執務室は綺麗だったが、リドリーが出て行った時のままだった。リドリーがいない間はニックスや使用人のロナウドができる範囲の書類は代理で片付けたようだが、どうしても本人の裁可なくしては通せない書類もある。

別人になった自分というショック案件を頭から追い出し、リドリーは残された時間で急いで書類を確認していった。シュルツは思うところがあるのか、ずっと黙り込んで部屋の隅に立っている。リドリーは書類に関して足りない部分は口頭で指示を出し、できる限りの署名を書き記していった。

「皇子、そろそろ出ないと」

集中して仕事に精を出していると、シュルツが時刻を気にして声をかけてきた。宴の時間までに城に戻らねばならない。リドリーは未練がましく最後の署名を残し、執務室を後にした。ついでに屋敷にあった輸入品の調味料をいくつか懐に入れる。門番に確認された際の偽装だ。先に屋敷の外に出て馬を用意していたシュルツと落ち合い、行きとは違い、疲れた身体で馬に乗り込む。

「ニックス、頼んだぞ」

シュルツの腰にしがみつき、リドリーは見送るニックスに声をかけた。

「ええ。滞在は三日ですよね？　その間にもう一度来られるとよいのですが」

ニックスはいつもの人を食った笑みを浮かべて言う。

「必ず来る」

リドリーは自分に言い聞かせるようにして、馬を出してもらった。シュルツは行きはリドリーの指示に従っていたが、帰りは道を記憶していて、すごい速度で城を目指している。少しずつ離れていく屋敷への未練を断ち切るように、リドリーはシュルツの背中にもたれかかっていた。


宴の時間には少し遅れたが、どうにか新しい礼服に着替え直し、宴に参加することができた。広間で行われた宴には、舞を披露する踊り子や楽隊が招かれていた。リドリーはゼノン王太子の横に並び、食事をしながら歓談をした。スザンヌはアーロンとしゃべっている。話はアーロンの一方通行が多いが、少しくらい振り向かない女性のほうがアーロンにはいいだろう。話題はもっぱら婚姻式の話になり、アンティブル王国の結婚式の特徴や作法について王妃がスザンヌに教えていた。スザンヌはアーロンには冷たいが、王妃や王太子妃とは熱心に話をしている。第三王子妃になるスザンヌに対して、王妃も王太子妃も優しく声をかけているのが好印象だった。

「帝国では皇女が多いようだな。正直、アーロンの妃になるのは第一皇女かと思っていた。まさかアーロンに選ばせてくれるとは」

酒が進んだ頃、ゼノン王太子が砕けた口調でリドリーに語りかけてきた。

「ここだけの話、選んだのが第一皇女でなくてよかった。アドリアーヌの性格の悪さは、帝国では有名だから」

リドリーも小声で非公式の会話を楽しんだ。ゼノン王太子が目を点にして、口元を押さえて笑い出す。

「すまない。うちの国にもその噂は届いている。だから戦々恐々としていたのだが、アーロンが選べたので、きっと良い妃だろう」

ゼノン王太子が口元を手で覆って、打ち解けた会話をする。皇家の子息令嬢の情報は、リドリーがスパイを使って探らせたものだ。

「スザンヌは賢いので、役に立つはずだ。帝国では女性の地位が低くて、何かの仕事を任せられることがない。スザンヌは仕事をしたがっている。任せてくれたら、よりいっそう心を開くはずだ」

リドリーはゼノン王太子にグラスを差し出して、真面目な口調になった。

「そうか。あなたとも、よい関係を築けたらいいのだが」

ゼノン王太子がグラスを軽く触れ合わせてくる。ちんと音がして、リドリーはグラスのワインに口をつけた。自分がこの身体のままだったら、ゼノン王太子とは真に良い関係が結べるかもしれない。

（そうなる可能性も高い……）

リドリーは心に暗い影が差し込む気がして、憂鬱になった。自分の身体の近くまでいけば、奇跡が起きて自分の身体に戻れるのではないかと夢を見た。現実は、変わらない。自分の本当の身体がそこにあっても、結局リドリーは皇子の身体のままだ。

「ときにゼノン王太子。私はこの国の神殿に興味があって。これでも信心深いほうでね。神殿に寄らせてもらいたいのだが」

リドリーは話がはずんだ頃合いを見計らって、アーロンが聞いている傍《そば》で神殿の話を持ち出した。

「神殿か……。構わないが、明日の婚姻式の後でいいか？　一応観光やもてなしなど用意してあるのだが」

ゼノン王太子は深く気に留めることもなく頷いた。帝国とアンティブル王国が信じる神は同じものだが、教会の力が強いアンティブル王国と違い、帝国では教会はあまり強い力を持っていない。皇帝は皇家以外が力を持つのを嫌っているので、教会の権限はそれほど強くないのだ。反対にアンティブル王国では王家と教会、軍隊の力が拮抗《きっこう》している。最終的に一番力を持つのは王家だが、これは一つの力が突出すると独断や賄賂、癒着が横行するのを防ぐためだ。

「それなら俺が案内しよう」

アーロンがあらかじめ決めていた通り、リドリーの神殿への案内を申し出てきた。ゼノン王太子はアーロンと皇子が仲良くなったのを喜び、快く了承する。用意していた観光などについてはけっこうだと断っておいた。何しろ知っているところばかりだ。見る意味がない。

「神殿には話を通しておく」

ゼノン王太子の許可が出て、リドリーは心から安堵《あんど》した。

宴は二時間ほどで終了し、明日の婚姻式に備えて休むことになった。アーロンはリドリーを部屋へ送る傍ら、ひそかに耳打ちしてきた。

「なぁ、本当に俺以外に話しちゃ駄目なのか？」

アーロンが改めて言ってくる。リドリーはアーロンにだけ、自分の正体を明かしている。その際に他の者には絶対に言わないと約束させている。

「駄目だ。秘密はなるべく最小限にしたい」

リドリーは頑として突っぱねた。

「あのな、アーロン。俺は国王と王妃に忠誠を誓った身だぞ？　その二人に帝国を滅ぼせと命じられたら、逆らえないんだ」

リドリーはアーロンにだけ聞こえるように、何故《なぜ》明かしてはならないかという話をした。たとえ身体が入れ替わろうと、リドリーの魂はリドリーのものだ。だからこそ、絶対に言えない。国王と王妃はリドリーの正体を知ったら、それを利用しようとするだろう。いくら親身な付き合いだったとはいえ、彼らには彼らの立場がある。

「滅ぼせ、はなくても、皇帝になれはあるかもなぁ」

アーロンも残念そうに天を見上げる。

「どっちも同じだ」

リドリーは額に手を当てて、そっけなく言った。リドリーが皇帝になるというのは、あの皇帝を滅ぼさねばならないという意味だ。血に猛《たけ》った皇帝を玉座から引きずり下ろすのは並大抵の仕事ではない。そんな面倒ごと、ごめんだ。

「神殿で、俺の悩みが解決するのを祈っているが……」

婚姻式の後で神殿に寄る許可はとったので、最後の望みはそこしかない。もしここでも自分の身体に戻れないとなったら、絶望的だ。

婚姻式と調印式だけでも大仕事なのに、その後は自身に関する悩みを解決できる道を探らねばならない。三日どころか半年くらい滞在したいものだ。

（いっそ、このまま亡命したい）

ベルナール皇子が帝国に戻らないと言い出したら、どうなるだろう？　埒《らち》もない妄想を浮かべ、リドリーは明日へ思いを馳《は》せた。

◆6　神殿

　スザンヌの婚姻式は予定通り華々しく、厳粛な雰囲気の元、執り行われた。主だった貴族は皆集まり、帝国の皇女に対して礼儀正しく接した。誰もがこれを政略結婚と思っているが、当のアーロンは幸せそうに見えた。

　婚姻式が終わり、同じ席で調印式も進められた。アンティブル王国の貴族全員を証人にして、リドリーは帝国の皇子《おうじ》として書類にサインした。教皇が高らかに両国の関係が修復されたと宣言し、大きな拍手が起こった。

「此度《こたび》の国交回復、ベルナール皇子の功績なくしては考えられない。末永く、両国が良い関係を築けるように努めたい」

　国王自らリドリーの手を取り、感激した様子で熱く語った。

「こちらこそ、両国の平和を願っております」

　リドリーは国王の手をしっかり握り返し、力強く答えた。調印式の書類は二枚作られ、一枚はリドリーが帝国に持ち帰る手はずになっている。調印に関しては、いくつか条件がある。どちらかの国が同盟を破棄して侵略する場合にはこの契約は消滅するというものだ。できればそんな未来は見たくない。そのためにも皇帝に間諜《かんちょう》の真似を命じられたスザンヌには、皇帝の傀儡《かいらい》になってもらっては困る。

「国民が待ち構えております」

国王の侍従がやってきて、王家と皇家の面々を城のバルコニーに誘《いざな》う。婚姻衣装をまとったスザンヌはアーロンに手を引かれて、国王夫妻や王太子夫妻、王女に囲まれてバルコニーに立った。すると今日ばかりは城に入るのを許されたアンティブル王国の民から歓声が上がり、王家を讃《たた》える声が響いた。リドリーもアーロンの横に並んだが、国民に愛される王家が羨ましくてならなかった。宰相だった時、リドリーは愛される王家を作り上げようと、あらゆる手を使った。その甲斐《かい》あって、アンティブル王国では国民は王族を慕っている。本来なら同じ立ち場でそれを喜び合えたのにと思うと、寂しくてならなかった。

「スザンヌ。今日から、彼らは君の国民だ」

アーロンはスザンヌの肩を抱き、真摯な口調で告げた。スザンヌは歓声に戸惑いながらアーロンを見つめた。帝国では国民の前に顔を出すことは、めったにない。皇帝が国民を虫以下と考えている節があり、国民へ何かをアピールすることがないからだ。だから婚姻式に駆けつける国民にスザンヌは戸惑っている。歓迎されていないと思っていたのに、自分を讃える声が聞こえてくるからだ。

「……この声に恥じないよう、努めます」

スザンヌは声を振り絞るようにした。するとアーロンがスザンヌを抱きしめ、熱烈にキスした。スザンヌはびっくりして突っぱねようとしたが、熱い抱擁に国民の歓声がいっそう高まり、アーロンを突き返すことができなかった。

国民へのお披露目が終わると、大広間で宴会が催された。リドリーは王族と並んで座り、アンティブル王国の料理を楽しんだ。宴会が終わると、花嫁は侍女と共に部屋に戻っていった。まだ外は日が沈む前で、アーロンが礼服のタイを外しながら近づいてきた。

「今から神殿に行こう」

アーロンに耳打ちされ、リドリーは大広間に残った貴族たちの騒がしい様子を窺《うかが》った。

「今夜は初夜だろう？　いいのか？」

事情を知るアーロンに案内してもらいたいのは確かだが、考えてみれば今夜は夫婦にとって大切な日だ。神殿への往復の時間を考えると、戻って来るのは夜遅くになる。

「夜までには戻ってくるさ。間に合わなかったら、お前を置いていくから問題ない」

アーロンはしれっと言う。アーロンの気遣いを感じて、リドリーはシュルツとエドワードを呼びつけた。神殿に行くと言うと、二人とも「お供します」とついてくる。

アーロンとアーロンの護衛騎士とリドリーたちで城を出た。王家の馬車にアーロンとリドリーが乗り、残りは用意された馬でついてくる。橋を渡り、神殿のある郊外へ馬を走らせる。城下町はお祭り騒ぎで、馬車はなるべく人の少ない道を選んで走ったが、それでも遅々として進まなかった。

「アーロン。ダドリー神官にお前から聞いてほしいことがあるんだ」

リドリーは馬車の中で、アーロンにいくつかの質問をするよう頼んだ。神官に自分の正体を明かせないから、アーロンから上手《うま》く聞き出してもらわなければならない。

「いいけど、本当に俺以外に明かさないんだな。まぁ、フツー信じないけど」

アーロンは頭を掻《か》きつつ、応じてくれた。神官に聞きたいことは二つだ。あの日——リドリーとベルナールの魂が入れ替わった日は激しい雷雨に見舞われていた。リドリーは神官に呼ばれ、帝国に関する宣託を聞きに行くはずだった。神官は魔女の呪いについて調べていたので、何か分かったのかもしれない。それが何だったのかということと、魂が入れ替わるなんてことがあるのかどうかということ。この二つについて、聞きたい。会おうとしていた神官は神聖力を持った者で、道が開けるのを期待していた。

「確かに帝国の皇子がいる前じゃ、話してくれないかもな。お前はお祈りでも捧《ささ》げていろ。俺が裏で聞いてみる」

アーロンが胸を叩《たた》いて請け合ってくれて、リドリーはじれったい気持ちを抱えつつ礼を言った。本当は自分自身が聞きだしたいところだが、アーロンの言う通り、自分はこの国でよそ者でしかない。よそ者と思うたびに、複雑な感情が押し寄せる。

リドリーは馬車の小窓から街を眺めた。あれほど帰りたかった国へ戻れたのに、喜びとは反対に寂しさを抱えている。この国からつまはじきにされた思いだ。

「そう気落ちするな。きっと何か手はあるさ」

アーロンに慰められ、自分は傍《そば》から見てそれほど落ち込んで見えるのかと嫌になった。

馬車は大きく遠回りして繁華街を抜け、神殿へ向かう。三十分も走らせると、小高い丘の上に白く輝く神殿が建っている。この世界には、全能の神、豊穣の女神、海洋の男神と呼ばれる三神がいて、そのうちのひと柱である全能の神が、アンティブル王国が崇《あが》め奉っている神だ。全能の神アヴェンディスは多くの国が好んでいる神で、帝国でも漏れなく人気だ。

(あの日辿《たど》り着けなかった神殿に、やっと来れたな)

リドリーは雷雨に打たれながら馬を駆けた日を思い返し、苦笑した。丘に続く曲がりくねった道を馬車は緩やかな速度で登っていく。辺りは夕焼け色に染まっていて、神殿の周囲はほとんど人がいなかった。馬留のところでリドリーたちは降り立ち、石畳の道を徒歩で行った。この国の王子の登場に、すぐさま神殿で働く者が気づき、駆け寄ってきた。

「アーロン王子、お迎えに上がらずすみません」

神官見習いの服を着た少年が、慌てたように頭を下げる。アーロン王子が今日婚姻式をしたのは国中の人間が知っている。ゼノン王太子から連絡を受けていても、アーロンが神殿に来るとは思っていなかったのだろう。見習い神官の少年は、おそるおそるといった感じでリドリーを見上げる。

「気にするな。ダドリー神官に用がある」

アーロンは見習い神官をあしらうように手を振り、建物の中へ入っていく。神殿の正面は多くの人が入れるように扉が開かれている。横に長い大きな階段が数段あって、太い柱が何本も天に向かって伸びた建物が本殿だ。建物は石造りでできていて、中に入るとひんやりする。少し歩くと再び扉が出てきて、それを開けると信者が座る長椅子が数列並び、奥に祭壇が見える。祭壇の前には高位神官を示す紫色の神官服を着た男性が立っていた。ろうそくに火をつけている。

「これは、アーロン様」

回廊を進んでいる途中で、神官が振り向き、丁寧に礼をする。

「このたびはおめでとうございます。末永く愛を紡がれるようお祈り申し上げます」

アーロンが目の前に立つと、神官が微笑《ほほえ》みを浮かべて言った。顔は三十代くらいだが、髪は真っ白で、長い神官帽を被《かぶ》っていた。彼がこの神殿を取り仕切っている神官長補佐のダドリーだ。

「ダドリー、こちらは帝国の第一皇子、ベルナール・ド・ヌーヴだ」

アーロンは横に並んだリドリーを紹介する。ダドリーと目が合い、リドリーは緊張した。ダドリーには何か分かるかもしれないと思ったのだ。

「こちらが……。お初にお目にかかります。私は神官長補佐のダドリーです」

ダドリーはリドリーに向かって深くお辞儀し、当たり障りのない挨拶をした。

「私は信心深いほうでね。少し祈りを捧げさせてほしい」

リドリーはわずかに落胆して、声を落とした。ダドリーは他の信者にするように「それはよいことでございます」と祭壇へ案内した。

「どうぞ、心ゆくまで神と対話して下さい」

一通り説明をした後、ダドリー神官はそう言ってリドリーを席へ案内した。

「ダドリー、少し話があるんだが」

リドリーが席について手を組んで祈り始めると、アーロンがダドリーを摑《つか》まえて回廊の奥へと連れていく。リドリーはそれを横目で見やり、ふうと吐息をこぼした。護衛のシュルツとエドワードは、少し離れた場所で祈りを捧げるリドリーを見守っている。アーロンの護衛騎士は神殿の入り口で控えているようだ。

(ダドリーに期待しすぎたか)

能力のある神官ならひと目でリドリーの状態を見抜くのではと身構えていたが、杞憂《きゆう》であった。リドリーは祈っている振りをしながら、祭壇の奥に鎮座する全能の神像を薄目で見据えた。

(神よ、いるなら、どうして俺にこんな仕打ちを?)

神に向かって詰《なじ》りたい気持ちがふつふつと湧き、リドリーは眉根を寄せた。長い間祈りとは名ばかりの神への愚痴を捧げていると、ようやく回廊の奥からアーロンが戻ってきた。浮かない顔つきだ。リドリーと目が合うと、軽く顎をしゃくられる。帰る合図だ。

リドリーは席を立ち、アーロンと合流して神殿を去ろうとした。リドリーとアーロンに合わせて、護衛騎士たちもついてくる。すると後ろから「お待ち下さい」と呼び止める声がした。

振り返ると、ダドリー神官が何かを抱えて走ってくる。

「どうした？　まだ何かあったか？」

アーロンが足を止めて言う。ダドリー神官は瓶に入った水を、リドリーのほうに差し出してきた。

「これをお持ち下さい。あなたの助けになるでしょう」

ダドリー神官はまっすぐにリドリーの目を見つめ、聖水を差し出してきた。聖水が必要な事態とは、魔物に遭遇する時だが、今のところその予定はない。

「――あのような天候の悪い日に呼びつけたこと、今でも後悔しております」

リドリーが手を差し出したとたん、ダドリー神官が聖水を手渡して、かすかな声で耳打ちしてきた。リドリーはびっくりして、危うく渡された聖水を落とすところだった。ダドリー神官は何事もなかったように、神への祈りを捧げる。

「どうか、あなたの行く末に幸運が訪れることを」

ダドリー神官はそう言って微笑み、会釈して神殿に戻っていった。――天候の悪い日に呼びつけたこと……。もしかしてダドリー神官には、自分の正体が分かったのだろうか？

困惑したまま馬車に戻ると、リドリーは急《せ》くようにアーロンを揺さぶった。

「ダドリー神官は何だって⁉　あの人は俺の正体を見抜いたんじゃないか？」

走りだした馬車の中、リドリーは大声を上げた。アーロンは落ち着けと言って、腰を浮かすリドリーを強引に座らせた。

「先に言っておく。ダドリー神官にも魂が入れ替わったものを元に戻す方法など分からないって話だ」

落胆する答えがアーロンの口から洩《も》れて、リドリーは頭を抱えた。ダドリー神官ならあるいはと思ったが、期待は泡と消えた。

「それとリドリーが聞きに行った宣託だが、ベルナール皇子を殺してはいけないというものだったらしいぞ。以前受け取った宣託の解釈を間違えてたとかで……。神官長の解釈がおかしい、神が殺せなんていうわけないって下の者ともう一度検分したら、解釈違いだったんだってさ。古語だから訳すのに時間がかかるらしくて」

アーロンが聞いたのはそれだけらしい。皇子を殺してはいけないことくらい、自分が一番知っている。何て人騒がせな神官長だ。自分が宰相に戻ったら、一番先にクビにしてやる。

「万策尽きたな」

リドリーはそれ以上の答えをアーロンが持ち帰らなかったと知り、天を仰いだ。最後の頼みの綱の神官も、たいした情報は持っていなかった。これではせっかく国に戻って来たのに、無駄足だ。虚《むな》しい。ここに来るために一年もがんばってきたのに、その結果がこれか。

「……屋敷に帰る」

リドリーは顔を覆い、ぼそりと呟《つぶや》いた。

「は？」

アーロンが間抜けな面をさらす。リドリーはアーロンへ向き直り、目を吊《つ》り上げた。

「俺の屋敷に帰る！」

自暴自棄になり、リドリーは御者の背後にある小窓を開けた。

「おい、行く先変更だ！　今から言う場所へ馬車を向けろ！」

「お、おいおい！　リド……ッ、ベルナール皇子ッ」

自棄になって御者に命じるリドリーを、アーロンが焦って止める。だがもう限界だった。何かの糸がぶつりと切れた。ここに来るまで苦労した様々な出来事が走馬灯のように蘇《よみがえ》り、いてもたってもいられなくなった。ここまで来たのに自分の身体《からだ》に戻れないなんて、受け入れられない。この上は、自分自身の身体と対面して、頭でもぶつけるしかない。運がよければ衝撃で入れ替わりが起こるかもしれない。

「マジかよぉ、昨日こっそり抜けだした意味は⁉　ここに来て、何もかも台無しにするつもりかよっ、落ち着けって！」

帰る、帰ると駄々をこね始めたリドリーに、アーロンが必死に説得してくる。リドリーは椅子をばんばんと叩きつけ、金切り声を上げた。

「もう嫌だ！　あんなクズ皇帝と渡り合うのも、俺がでぶになっていくのも、両方嫌だぁああ！　信じられるか⁉　俺の身体が二倍に膨れ上がってたんだぞ！　ぶん殴りたいけど、俺の身体だからぶん殴れない俺のジレンマが分かるか⁉　いっそ俺が自害すれば、元の身体に戻れるんじゃないかっ⁉」

「声が大きいって！　落ち着けってば！」

ぎゃあぎゃあ騒いでいたのが外にも聞こえたのか、馬が近づいてシュルツが心配そうに窓から覗《のぞ》き込んできた。

「どうしました？　大丈夫ですか？」

馬車と並走しながらシュルツに言われ、リドリーはがくりと肩を落とした。シュルツの不安そうな顔を見たら、騒いでいるのが恥ずかしくなった。今度はめちゃくちゃ落ち込んで顔を上げることもできなくなった。

「もう死のう……」

リドリーが膝に顔を埋めて呟くと、アーロンが横に強引に座ってきて、リドリーの肩を抱く。

「おいおい、お前がこんなになるなんて、よっぽどだなぁ。お前らしくないぞ、お前ならその明晰《めいせき》な頭脳で道を開くだろ？　元に戻れなくても、皇帝になるとかさ。あるだろ？　ほら、他にも道が。何しろお前、こんな美しい青年になったしさ、地位も帝国じゃ二番目にすごいじゃないか？　国交だってまた開いたしさ、いつでも来れるよ」

リドリーの肩をぽんぽんと叩き、アーロンが慰めてくる。

「ここに来るまで一年もかかったんだぞ……。まだまだこの国でやりたい政策もあったし……、好きな作家の新刊も読めていない……、使用人は俺が信頼できる人間を揃《そろ》えたのに……、たまにエランの卵を肴《さかな》に飲む酒が好きだった……、しかも俺の奴隷はほとんどこの国にいるんだ……加護の無駄遣いだ……」

鬱々としてきて、リドリーはぼそぼそと愚痴をこぼした。後から後から愚痴が出てきて、自分でも驚くくらいストレスを溜《た》めていたのが分かった。考えてみれば味方が一人もいない状態で、奮闘してきたのだ。それもこれもすべて、アンティブル王国に戻るために。

とても浮上できなくて盛大なため息をこぼすと、アーロンが困ったそぶりで頭を掻いた。

「しょうがないなぁ……。お前がそこまで落ち込むなんて」

アーロンは腰を浮かせ、小窓から御者に「馬車を停めてくれ」と指示する。ややあって馬車が停まり、リドリーは顔を上げた。

「今から屋敷へ行ってこい。皆には視察に出たと言っておくから」

アーロンに肩を叩かれ、リドリーはハッとして目を潤ませた。

「アーロン！」

思わず昔のように呼び捨てで叫び、抱き着いた。アーロンがよしよしとリドリーの頭を撫《な》でる。そこを運悪く馬から降りたシュルツに見つかり、恐ろしい形相で扉を開けられた。

「皇子、何が⁉」

馬車を停めて抱き合っているリドリーとアーロンに、シュルツは疑惑を抱いている。急いでアーロンから離れると、リドリーは己を取り戻して咳払《せきばら》いした。

「アーロン王子と別行動することになった。シュルツ、お前の馬に乗せてくれ」

リドリーは馬車から降りて、アーロンの護衛騎士と別れることを告げた。アーロンの護衛騎士はリドリーの護衛も兼ねていたので、突然の別行動にざわついている。

「皇子は視察に行く。有能な護衛騎士が二人いるので問題ない」

アーロンは彼らにそう告げ、リドリーに行くよう手を振った。リドリーはシュルツの後ろに跨《また》がり、昨夜訪れた屋敷へ行くよう指示した。エドワードは何が起きたか分からないといった感じで、リドリーを追いかけてくる。

王家の馬車と離れていく中、リドリーはエドワードにどう説明しようかと頭を悩ませていた。

シュルツはリドリーの屋敷への道を覚えていて、細かく指示するまでもなく馬を向かわせた。

屋敷の門の前で馬を降りると、庭にいた護衛騎士のジャンがリドリーたちに気づいた。帝国の護衛騎士の制服を着た二人と、明らかに身分が上の貴族が一人。ジャンが急いで屋敷に戻ったのは言うまでもない。

門までやってきたのはニックスだった。ニックスにはアンティブル王国にいる間、書類の整理を頼んでいる。執事服のニックスの登場に驚いたのはエドワードだ。

「この屋敷は一体……？　何故《なぜ》ニックス殿がここに？」

事情を知らないエドワードからすれば、理解不能な光景だ。護衛騎士であるエドワードに正体を隠すのも難しくなってきた。真実を話しても信じてもらえるか分からないし、仮に信じたとしてもアルタイル公爵の息子である彼がどういう態度に出るか判断つかない。思えばエドワードの忠誠を受け取っておいたのは、役に立つ出来事だった。最終的には、忠誠心でエドワードを縛り付けるしかない。

「エドワード。お前はここで待っていろ」

リドリーは有無を言わさぬ口調で命じ、シュルツと共に屋敷の中へ入った。ニックスは予定にない訪問に、首をかしげている。

「どうなさいました？　忙しいはずでは？」

屋敷の扉を開けながら、ニックスはちらりと門で待っているエドワードを振り返る。ニックスには今日、神殿へ行くと伝えている。屋敷の中に入ると、ミーアやロナウドが困惑した様子でこちらを見守っている。昨日訪れた時は変装していたが、連れている男が同じだし、背格好が似ているので同一人物と気づかれたかもしれない。

「ベルナール皇子と会う」

リドリーは思い詰めた面持ちで吐き出した。ニックスは何か言いたげに顎を撫でたが、リドリーの気落ちしている様に察するものがあったのか、黙って地下へ案内した。

地下のベルナールが監禁されている部屋の前に立つと、背後にいたシュルツが心配そうに窺ってきた。

「皇子、どうなされるおつもりですか？」

リドリーが固い表情のままだったので、シュルツもニックスも後ろで身構えている。リドリーはニックスに手を差し出した。何も言わなかったが、ニックスは心得たように部屋の鍵を手渡してきた。この部屋はたまに侵入してくる『奴隷』を閉じ込める役目も果たしているので、外から鍵をかけられるのだ。

リドリーは鍵を使って部屋のドアを開けた。ベルナール皇子はベッドでいびきを掻いて寝ていた。時々歯ぎしりもしている。こいつは本当に皇子なのだろうかと疑うくらい品性の欠片《かけら》もない寝方で、見下ろしているうちに猛烈に腹が立った。

「おい、起きろ」

リドリーは寝ているベルナールの頭をげんこつで叩いた。

「うわっ、な、何だ⁉」

痛みでベルナールが飛び起き、寝ぼけ眼《まなこ》で自分を見下ろしているリドリーを見上げる。その目が見開かれ、大きな衝撃を受けたように引っくり返った。

「お、お前……っ、お前、僕じゃないか！」

ベルナールが真っ青になってリドリーを指差す。入れ替わる前の身体は今の三倍はあったのに、ベルナールは自分の身体だと直感的に悟ったようだ。改めてリドリーは自分を見つめた。茶色い癖のある髪に、とび色の瞳、やわらかなもち肌という利点以外はあまりとりえのない地味な顔立ちをした青年だ。今は見る影もなくふくよかになっている。

「ななな、何で！　どうして僕が⁉　し、しかも後ろにいるのはシュルツ⁉　お前、とっくに処刑されてるはずだろ！」

ベルナールはリドリーの後ろにシュルツがいるのに気づき、あわあわと後ずさりした。混乱し、わめきだすベルナールに苛立《いらだ》ち、リドリーはその両肩をがしっと摑み、思い切り頭突きをかました。

「うぎゃあああ！」

全身で頭突きしたのでこちらも痛かったが、相手もかなり痛かったようだ。ベルナールは悲鳴を上げてベッドから落っこち、頭を抱えてじたばたした。

「……入れ替わらない、か」

駄目でもともと、と頭突きをしたが、リドリーは相変わらずベルナールの身体で、ベルナールも自分の身体のままだ。絶望的な気分に陥ったが、目の前で悶絶《もんぜつ》しているベルナールを見ていたら冷静になってきた。

「おい、今の状況をどれくらい把握している?」

リドリーはしゃがみ込み、涙目になって呻《うめ》いているベルナールの胸倉を掴んだ。ベルナールは「ひっ」と悲鳴を呑《の》み込み、ガタガタと震えてリドリーを見つめてきた。

「お前が入っているのは俺の身体だ。ある日、いきなり俺はお前になってたんだぞ。あんな!クソ重い身体に! しかもお前のせいで皆に馬鹿にされて!」

リドリーが憎悪を込めてベルナールを睨《にら》みつけると、それまで震えていたベルナールがみるみるうちにしょんぼりしてきた。おそらく以前の自分を思い出したのだろう。青ざめた顔が暗くなっている。

「俺はここに戻って来るまで多大な苦労を背負ってきたんだ。それなのに、お前はどうだ?食っちゃ寝ばっかりで、何もしていない! しかも俺の身体をこんなに膨張させやがって、少しは節制しろ!」

怠惰な生活を送ってきたベルナールに怒りが湧き、リドリーは怒鳴りつけた。するとベルナールは目を潤ませてきた。

「だって……僕は……、何で僕が何かしなきゃならないんだ……僕は皇子だぞ……」

弱々しい声で文句を言うベルナールに心底嫌気が差した。リドリーは舌打ちして、ベルナールを床に放り投げる。

「俺の質問に答えろ。お前、俺たちの身体が入れ替わるような何かをしたのか？」

リドリーはベルナールの前に立ち、威圧感を持って詰問した。こうなった原因——これまでのベルナール皇子の情報を聞く限りないと思うが、一応確認しておかなければならない。

「何か……？」

ベルナールは小さくなって上目遣いになる。

「魔術とか呪術とか、そういうのをしたのかってことだよ。こんな遠く離れた人間の魂が入れ替わるなんて、ありえないだろ。お前が何か変な術でも使ったんじゃないのか？」

考えられる限りの選択肢にベルナールが呪術を使ったというのがあるが、ニックスから聞いた話では、ベルナール皇子も入れ替わってびっくりしていたという。そもそも皇子として何不自由ない生活をしていたベルナールが入れ替わりを望むとは思えなかった。念のために聞いてみたが、ベルナールの態度を見て、それはないなと確信した。

「ぼ、僕は何も……。そんなおっかないこと……」

見た目以上に軟弱な心を持つベルナールにそんな大それた真似はできないようだ。だとしたらますます不可解だ。何故、自分たちはこんなふうに魂が入れ替わったのか。

「分かった。お前、帝国に来い」

リドリーはベッドに腰を下ろし、床で膝をつくベルナールに顎をしゃくった。

「は？」

ベルナールは間抜けな面をさらす。自分の顔がこんな間抜けに見えたのは初めてだ。中に入っている人間で、顔というのはこうも変わるのか。

「元に戻るために、お前を傍に置いておきたい。適当な役職をつけるから……」

「嫌だ！」

リドリーの言葉をベルナールが大きな声で遮る。驚いて向き直ると、ベルナールはそれまでの怯《おび》えた様子から一転して、拳を握って立ち上がった。

「僕はここから出て行かないぞ！　僕はここにいたいんだ！　もう父上の恐ろしさに震えるのはたくさんだ！」

ベルナールが地下に響き渡るような声で叫び、リドリーもびっくりしたが、後ろにいたシュルツも息を呑んで「皇子……」と呟いた。

「毎日毎日、あの父上の恐ろしい目で威圧され……僕はいつ斬られるのかと怯えていた……。父上は僕が大嫌いなんだ、何か理由があったらすぐにでも斬り殺したいと思っているんだ」

うつむいて声を振り絞るベルナールに、リドリーは初めて同情した。確かにベルナールの性格では、あの暴君の傍にいるのは酷かもしれない。本来なら唯一の息子なのに、皇帝はそれを慮《おもんぱか》ることはない。怯えるベルナールにアドリアーヌが斬られた話をしたら、きっとベッドから出てこなくなる。

「側室が身ごもるたびに……僕はどうか女の子が生まれるようにと毎晩祈った。僕以外の男が生まれたら、きっと皇帝は僕を殺す……目障りな豚だって、毎日囁《ささや》かれてた……。でもここは安全だ……。誰も僕を馬鹿にしないし、ご飯は美味《おい》しいし……」

気づくとベルナールがすすり泣きを始めた。自分の身体で情けない気もしたが、ベルナールの心情も理解できた。

「だったら自分を変えればよかっただろ？　皇帝はともかく、もっと勉強に励むとか、剣術に励むとか、政治に参加するとかあっただろ。お前は気に入らないメイドを辞めさせ、ここにいる帝国の宝と呼ぶべきソードマスターのシュルツを牢《ろう》にぶちこんだんだぞ？」

リドリーは横にいるシュルツを指さした。シュルツは帝国の宝と言われてまんざらでもないのか、少し照れた面持ちだ。

「だって……僕は何をしても駄目で……皆ががっかりする……。そんな顔を見るくらいなら、ひきこもってたほうがマシだ……。権力を見せつければ、皆表向きは礼儀正しくしてくれるし……。メイドは僕を馬鹿にするから……。スーだけは僕を馬鹿にしなかったけど」

いじいじとベルナールは指を動かし、ちらりとシュルツを見やった。

「シュルツは……僕に説教ばかりするから、消えればいいと思って……」

脱力する理由を述べられ、さすがのシュルツも額に手を当てた。自分がどれほど子ども相手に無駄な説教をしていたか理解したのだろう。

「あのな、ベルナール。お前はもう子どもじゃないんだ。とっくに成人しているだろ？　そんなお前が帝国に戻らないのはともかく、ただ食っちゃ寝するほど世の中は甘くないんだよ。ここにいたいなら働け！　お前も俺と同じくらい苦労しろ！」

ベルナールを無理やり帝国に戻すのは無理かもしれないと諦め、リドリーは立ち上がって床にうずくまるベルナールを無理やり立たせた。

「は、働く……？　僕が？」

ベルナールからすると、この生活は当たり前に受け取るべきもので、代価が生じるとは夢にも思っていない。

「俺はお前の人生と俺の人生二人分背負ってるんだぞ！　せめてお前も労働しろ！　それができるならここに置いてやる。幸い国交は回復した。これからは連絡もできるだろう。分かったな、いいか？」

今の状態では割に合わない。皇子としての労力に加え、自分の仕事もさせられているのだ。この屋敷を放り投げられたら楽だろうが、ここで雇っている使用人は全員信頼すべき人柄で、リドリーの要望に応えてくれる逸材だ。これを手放す気はない。リドリーにとって、信頼とは金で買えない重要なものだ。

「でもぉ……」

まだぶつぶつ言うベルナールの胸倉を摑み、リドリーは目を細めた。

「このまま一緒に帝国に連れて行って、皇帝の前に放り投げてもいいんだぞ？　皇子でも何でもないお前はすぐに斬り殺されるだろう」

「ひゃっ！」

リドリーの脅しに、ベルナールが飛び上がって震える。

「ここで労働するな？」

リドリーが重ねて問うと、ベルナールが「ひゃいっ」と引っくり返った声で返答した。労働の代価は衣食住だ。念押しして、リドリーはベルナールを放した。

「ニックス、頭を打って記憶を失ったとか適当な事情を作ってこいつを地下から出してくれ。どうせどこへも行けはしない。こいつにも出来そうな仕事を割り振ってくれ。こんなでも皇子だ。読み書きくらいはできるだろ」

リドリーはドアの外にいるニックスに声をかけた。ニックスは了解したというように、丁寧にお辞儀する。

ベルナールを矯正しなければならないという切実な思いに駆られた。この無能な皇子がもし自分と入れ替わる日が来たら、以前よりひどい状態になる。入れ替われる日を期待して、ベルナールがベルナールの身体に戻れた日のことまで配慮しなければならない。

「マジで痩せろよ！」

最後にベルナールに活を入れた。何よりもまずはそこに取り組んでほしい。ベルナールはしょんぼりとして、無意識でか枕元にあるドーナッツに手を伸ばした。どうやら心が萎えると食に走る傾向があるようだ。

「人の話を聞いていたか？」

リドリーがじろりと睨みつけると、ベルナールが「ひえっ」と手を引っ込めた。ニックスがすかさず地下にある間食を片付け始める。

ここでの用は済んだ。ベルナールをいたぶって、少しだけ溜飲《りゅういん》も下がった。リドリーが地下室を出ようとすると、シュルツがすっと足を進め、ベルナールの前で膝を折った。

「皇子……、あなたを恨みに思ったこともありますが、私はただ皇家のあなたに良くなってほしかっただけです。皇家への忠誠は、誓って生涯変わりありません」

シュルツは苦しそうにベルナールに語りかける。一時は処刑されそうになったくせに、こんな馬鹿息子を許すなんて、シュルツは心が広い。自分だったらあの時の恨みと言って、二、三発は殴る。

（まぁこれがシュルツのいいところなんだよな……。だから俺も気を許せるし）

シュルツの優しさを垣間見《かいまみ》、リドリーは小さく微笑んだ。

「ううるさいなっ、お前は強いからそんなことが言えるんだよっ、どうせ僕のこと陰で馬鹿にしてたんだろっ」

いい雰囲気だったのに、卑屈な性格のベルナールのせいで、すべて台無しだ。そこはすまなかったとお前も謝るところだろ、と拳に力が入った。

「そんなことはしておりません、皇子私は」

「うるさい、うるさい、うるさーいっ。僕は皆にもてはやされるお前が嫌いなんだよっ、騎士たちに好かれていい御身分だよなっ」

「そんな……」

シュルツとベルナールの言い合いが続き、リドリーはため息をこぼして「もう行くぞ、シュルツ」と強引に地下室から遠ざかった。

「後のことは頼んでいいか？　お前のいいようにしてくれ」

リドリーは地下室の階段を上がりながら、ニックスにこれからの手配を頼んだ。

「帰国は予定通り行うから、国境近くで隊に紛れてくれ」

ニックスにはあの卑屈な皇子の使い道も頼んでおいた。屋敷の主人が庭掃除を始めたら使用人がびっくりするだろうから、記憶喪失という理由をでっちあげることにした。ニックスにはリドリーの代理として仕事ができるよう、委任状も作っておく。ニックスには帝国とアンティブル王国の両方を行き来してもらうことになった。大変な仕事なので、それなりの報酬ははずまねばならないだろう。幸い、皇子の身分で金には困らない。

「いいように差配しておきましょう。お任せ下さい」

ニックスは軽い口調で了解する。どこまでも頼れる男だ。今回ほどニックスという人間を摑まえてよかったと思ったことはない。

（そうだ）

一つ思い出したことがあって、リドリーはニックスを呼びつけた。

「ミーアに尋ねたいことがある。俺からは聞けないので、お前が聞いてくれないか？　実は辺境伯のところに行った時、占いをする魔女に会った。皇帝にかけられた魔女の呪いについて調べていたんだ」

リドリーは辺境伯の領地にいる魔女に、皇帝に呪いをかけたのは魔女ユーレイアという者だという話を聴いた。皇帝の呪いに関しては、ある程度ニックスにも知識はあった。帝国の皇帝に女性ばかり生まれるのは、周囲の国にも知れ渡っている。

「それでその魔女が占うには、俺はもう魔女ユーレイアに会ったことがあるというのだ。俺が会った魔女は何人かいるが、もしかして乳母がそうだったのかもしれないと思ってな」

メイドのミーアは亡くなった母がいた頃からリドリーの世話をしてくれていた。何か知っているかもしれない。

「なるほど……面白い話ですね。聞いてみましょう」

ニックスは深く頷《うなず》き、その場でミーアを呼び出してくれた。ミーアは長年リドリーに仕えてくれている。リドリーは衝立《ついたて》の裏に隠れ、ニックスがリドリーから聞いた話をそのままミーアに尋ねた。ミーアは古い記憶を呼び覚ますように、うんうん唸《うな》り声を上げた。

「奥様は確かに魔女がお好きで、ルーという魔女を乳母になさっておりました。ええ、そうそう、薬草を作るのが上手な方でねぇ。乳母が要らなくなった頃、実家であるアサッド地方へ帰るとか言ってましたよ。連絡を取りたいなら、手紙でも書きましょうか？」

ミーアは乳母について覚えていて、気楽に言う。名前は違うが偽名を使っている可能性もある。俄然《がぜん》興味が湧いて、衝立の裏で拳を握った。

「ではルーという魔女に連絡を取って下さい。ミーア、頼みましたよ」

ニックスはリドリーの意を汲《く》んで、おぜん立てをしてくれる。もしルーという魔女がユーレイアだったら、皇帝にかけた呪いの正体について調べられる。ミーアが去っていくと、リドリーは衝立からひょっこりと姿を現した。

「もし皇帝に呪いをかけた魔女ユーレイアがそのルーだとしたら、今回の入れ替わりの件について関与しているかもしれませんね」

ニックスが目を細めて考え込むように言う。その点についてはリドリーも考えた。隣国の皇子と何の所縁《ゆかり》もない自分が何故入れ替わったか疑問だったが、魔女ユーレイアが関わっているなら説明はつく。それに、もしこの入れ替わりが魔女ユーレイアのせいだとしたら、それを解く方法を必ず知っているはずだ。

「はぁ……疲れた」

ここに残りたいとアーロンに駄々をこねたが、実際残れるとはリドリーも思っていない。皇子の身分である自分は、明日には帝国への帰路につかねばならない。帰国した後も、いろんなものが山積みだ。シュルツを伴って屋敷を出て、リドリーは頭を悩ませた。

一体どうすれば、自分の身体に戻れるのだろう？

リドリーはすっかり暗くなった空を見上げ、途方に暮れるばかりだった。


シュルツとエドワードと共に城に戻った頃には、とっくに夜は更けていた。門の前で待たされたエドワードは当然ながら、何故皇子がこの屋敷へ来たのかという疑問を投げかけてきた。

「この件に関して、何も質問するな。他言も無用だ」

リドリーは疲れた表情で権力を行使した。皇子であるリドリーから命じられたら、エドワードはそれに従うしかない。いくら疑問を持とうと、まだエドワードに状況を明かす気にはなれなかった。

護衛騎士を伴っていたとはいえ、少人数で別行動をしたリドリーに対して、同行した近衛騎士や王家から心配する声が上がった。アーロンも怒られたらしい。隣国の皇子を野放しにしたのだから当然だろう。

小言を無視して部屋に戻ると、メイドから湯浴みの用意ができたと知らされた。

「お手伝いさせてもらってよいですか?」

メイドの代わりにシュルツが湯浴みの手伝いを買って出た。リドリーもシュルツと二人で話がしたかったので、一緒に浴室へ赴いた。一階にある貴賓用の浴室は、脱衣室とタイル張りの浴槽が置かれた部屋に分かれている。浴槽の中には火魔法で熱を込めた魔道具の石が埋め込まれていて、水を足せば自然と湯になるような仕組みになっている。

リドリーの着ていた礼服をシュルツが脱がせていく。重く、面倒な細工の衣服を脱ぎ去り、リドリーは湯船に入った。シュルツは上に着ていたジャケットやマントを脱いで、腕まくりする。

「……お前、俺の本体を見て、どう思った?」

湯気が立ち込める浴室で響く声を厭《いと》いつつ、リドリーは傍らに膝をつくシュルツに尋ねた。湯は心地よく、足を伸ばして寝そべると、うっかり寝てしまいそうだ。

「あ、言っておくけど本当の俺はもっと細身だぞ? 指が細くて綺麗《きれい》だというのが自慢だった」

濡《ぬ》れた手で髪を掻き上げ、リドリーはシュルツにつけ足した。シュルツは考え込むように、横を向いた。

「……申し訳ありません。特に何も思いませんでした。というか、やはり中に入っているのがあなたでないと、反応しない気がします。あの身体の中にいるのは、ベルナール皇子……それがよく分かりました」

何かを思い出すように、シュルツが遠い目をする。

「考えてみれば、ベルナール皇子だった頃は、皇子を見ても何も思いませんでしたし、容姿は私にとってあまり意味がないようです。だから……あなたとベルナール皇子の魂がまた入れ替わったら、私はあなたの魂が入っているほうをお慕いするでしょう」

熱っぽい目で告白され、リドリーはそんなものかとうなじを掻いた。

「正直……、あなたがあちらの身体に戻らなくてホッとしております。あなたと離れるなんて、今の私には到底無理そうですから」

苦しそうにシュルツが言い出し、リドリーは思わずシュルツを凝視した。ずっと何も言わずについてきていたので、そんなに苦しい思いを抱えていたとは知らなかった。考えてみれば、シュルツにとってはリドリーの行動は自分から離れていくようなものだ。リドリーがアンティブル王国に戻れば、帝国の騎士であるシュルツは主《あるじ》を失う。それでも戻らないでくれとは言わない辺りが、シュルツの人柄を表していた。

「もし俺とベルナール皇子が入れ替わっていたら、どうしたんだ？」

以前、シュルツに同じ話を振った時は、シュルツに帝国を捨てるのは無理だと思っていた。だが、シュルツの自分を見つめる瞳の熱さに、すでにその段階ではないのを悟った。

「私が仕えるべきはあなただけです」

シュルツの手が伸びて、湯で濡れたリドリーの頬に触れる。

帝国のソードマスターであり、誰よりも強いと自負する男が、国さえも捨てる発言をしたのは、リドリーにとって驚愕《きょうがく》だった。冗談かと思ったが、シュルツはそんな冗談を言える性格ではない。

「お前、俺のために国も捨てるのか？」

呆《あき》れて聞き返すと、シュルツの指がリドリーの耳朶《じだ》を優しく撫でる。

「信じられない話ですが、おそらくそうなるでしょう……。俺は、あなたなしでは生きていけないですから」

シュルツの指が首に下りていく。その言葉に溺れそうな自分もいるが、それは結局、術の力でしかない。

「……お前の術を解いてやれたらいいんだがなぁ……」

リドリーは濡れた手でシュルツの手を握った。シュルツが悲しそうに目を伏せ、両手でリドリーの手を包む。

「この気持ちは真実です」

シュルツは自分の気持ちに自信があるようだが、これまで術を使った者たちを見てきたリドリーには、そう簡単に信じることはできない。すぐにシュルツを解放するか、あるいはこのまま一生解放せずにいるほうがいい。

「……身体を洗ってくれるか？」

リドリーは誘うようにシュルツの手を引いて言った。

「し、しかし皇子、まだ私は武勲を立ててはおらず……」

焦ったようにシュルツが顔を赤らめる。

「もちろん、お前は服を脱ぐなよ。だが、触れることは許す。俺を気持ちよくしてくれ」

シュルツの耳元で意地悪く囁くと、唇を噛《か》み締めてシュルツが背中に手を回してくる。シュルツは置かれていた石鹸《せっけん》を手に取り、泡を立ててリドリーの身体に滑らせた。花の匂いがする石鹸の泡で二の腕を撫でられ、リドリーは浴槽にもたれかかって腕をシュルツに預けた。無骨な手が肌を撫でていくのが心地いい。リドリーが身を起こすと、シュルツの手は首筋や背中、胸元を洗っていく。

「ん……」

大きな手で上半身を撫でられ、リドリーは吐息を漏らした。シュルツの指先が探るような動きで乳首を撫でる。何度か撫でまわされていくうちに、乳首がつんと尖《とが》り、甘ったるい感覚をもたらした。

「皇子……残酷です……、このように触れさせてもらえるのに繋《つな》がれないのは」

リドリーが甘い声を漏らすと、シュルツがごくりと咽《のど》を鳴らして、言いづらそうに呟いた。

「そうだ、俺は意地悪なんだ」

リドリーがしなだれかかると、シュルツの理性も吹っ飛んで、密着してきた。衣服が濡れるのも構わず、シュルツはリドリーを背後から支えるようにして、泡立てた手を滑らせていく。

「ここも……いい、ですか？」

シュルツの手が股の付け根に伸び、太ももの辺りを往復する。性器に触れていいのか問うシュルツに、リドリーはその顎を捉えて、口づけをした。かぁっとシュルツの体温が上がったのが分かり、リドリーの唇に深く唇を重ねてきた。

「ん、ん……」

シュルツはリドリーの唇を貪りながら、性器に手をかける。泡でぬるついた手で性器を包み込まれ、リドリーは心地よくて濡れた腕をシュルツの首に回した。

「皇子……、皇子……」

興奮したシュルツが、リドリーの首筋をきつく吸い、性器に絡めた手を動かす。大きな手で扱《しご》かれ、リドリーの性器は硬度を持った。性急とさえ言える手つきで扱かれ、リドリーはシュルツの耳朶に熱い息を吹きかけた。

「ん……っ」

キスと性器への愛撫《あいぶ》にうっとりしていると、シュルツの手が背中から滑り降り、尻のはざまに潜った。ぬるぬるした指先が尻のすぼみを撫でていく。どきりとして、リドリーはシュルツの唇から離れた。

「馬鹿、そこは……」

シュルツに抗《あらが》うように身をよじったが、少し強引な動きで尻の中に指を入れられた。シュルツの中指が一本、内部に潜り込んで、リドリーは息を呑んだ。

「皇子……、少しだけ……お許しを」

シュルツは上擦った声でそう言いながら、リドリーの首筋をきつく吸い、中に入れた指を動かす。内壁を太い指で辿られ、リドリーは息を詰めた。圧迫感と慣れない異物感に身をくねらせた。

(うー。違和感)

シュルツの理性が吹っ飛んだら、命令して止めるしかない。

「皇子……好きです、お慕いしております……、あなたのことばかり考えている……」

シュルツはそう囁きながら、リドリーの性器に絡めた手を上下に動かし、尻に入れた指で内壁を擦り上げる。

「は……っ、う、あ……っ、んん……っ」

前と後ろを愛撫されているうちに、圧迫感は減っていった。シュルツが舌を絡めるようなキスをしてきたのも、強張《こわば》った身体を馴らしていった。性器の先端を指でぐりぐりとされ、息遣いが乱れていく。湯が跳ね上がり、シュルツの服もびしょびしょだ。それに――。

「布越しでよければ、お前のも扱いてやろうか……？」

キスの合間にリドリーは呼吸を荒らげながら、シュルツの腰に触れた。びくりとシュルツが腰を引き、赤くなる。シュルツの下腹部は、布を押し上げる勢いで硬く反り返っている。リドリーが試しにそっと握ると、シュルツの「ん……っ」という甘い呻きが漏れた。

「私は……私は、今は、いいです。……煽《あお》らないで下さい」

シュルツは強い自制心でリドリーの手を押しのけた。そう言われると無理に擦るのは危険と思い、リドリーも手を引っ込めた。こんな浴室で押し倒されたら、明日はどうなるか分からない。

「今は……あなただけ、感じて下さい」

シュルツはリドリーの耳朶を食《は》み、鼓膜を震わせた。シュルツの指が根元まで中に入ってきて、何かを探る動きで這い回る。

「……っ、……っ」

ふいに指が奥にある一点を擦ると、えも言われぬ甘い電流が腰に走った。

「ん、な……、何……？」

リドリーの動きがそれまでと違うのがシュルツにも分かったのだろう。戸惑うリドリーに、シュルツは同じ場所を執拗《しつよう》に指で捏《こ》ねていく。

「男にもここに感じる場所があると聞きました……」

ぐっ、ぐっ、と内壁を押し、シュルッが囁く。最初はぼんやりとした感覚だったが、何度もそこを弄《いじ》られているうちに、はっきりとした快感に変わっていく。指で擦られたり押されたりすると、お腹の奥が切なくて、甘い息が漏れる。

「あ……っ、ん……っ、そこ、や、ばい……っ」

濡れた音を立てて何度も奥を弄られているうちに、リドリーの性器は反り返り、しとどに蜜を垂らしていった。硬く閉じていた尻の穴が徐々に柔らかくなり、シュルッの指の動きを助ける。リドリーの息遣いが荒くなると、シュルッの興奮も高まり、ほとんど抱きしめる形で愛撫を施してきた。

「達しそう……ですか？」

途中からシュルッは前を扱く手を止めて、尻の穴ばかり弄り始めた。リドリーとしては前を触って早く射精したかったのだが、焦《じ》らすように触れてくれない。

「お尻、だけ……じゃ無理……、は、ぁ……っ、ん、う……っ」

リドリーが腰を揺らすと、シュルッの唇が耳朶から首筋に落ちる。

「もう少しだけ……、中を触らせて下さい」

シュルッがそう言いながら、ゆっくりと屈《かが》み込む。シュルッは濡れたリドリーの胸元に顔を寄せ、舌で乳首をぴんと弾《はじ》いた。

「ひゃ……っ」

乳首を舐《な》められて、リドリーは腰をひくつかせた。先ほど愛撫されたよりも深い快感が乳首から身体全体に浸透していった。シュルツは舌先で乳首を嬲《なぶ》り、何度も口の中で転がしていく。乳首を舐められるのがこれほど気持ちいいとは思わなかったので、リドリーは動揺して切羽詰まった息をこぼした。

「やば、……ちょ、それまずい」

乳首を舐められるのが嫌で身をよじると、シュルツは性器に絡めていた手を離し、剝《む》き出しのままの乳首を指先で摘まんだ。

「はぁ……っ、は……っ、あ……っ、あ……っ」

指先で乳首をコリコリと弄られ、リドリーはたまらずに喘《あえ》いだ。背中が反り返り、びくびくと腰が揺れる。舌と指で乳首を弾かれ、女性みたいな高い声が口から勝手に出てくる。

「う、あ……っ、あぁ……っ」

乳首で感じている自分に羞恥心を覚えて逃げようとすると、シュルツが内部に入れた指を強めに押してくる。乳首で感じているせいか、余計に尻からの甘い刺激も感じた。信じられないことに、男性である自分が乳首や尻で感じている。恥ずかしくて居たたまれないのに、そう思えば思うほど、快感が増していく。

（あーやばい……、気持ちいい……）

頭がとろんとしてきて、徐々にシュルツから与えられる快感だけに脳を支配されていく。全

身が熱くなって、時折変な風に身体がびくっとなる。腹の奥に快楽を次々と溜められ、あられもない声がひっきりなしに上がる。

「シュルツ……、も……、立ってられない……。出したい」

リドリーは喘ぎながら、シュルツの髪を乱して言った。シュルツと目が合い、その瞳に獣みたいな情欲の炎があるのを知った。シュルツは強い自制心で自分の欲望を殺して、リドリーの快感を高めている。

「……」

乳首に吸いついていたシュルツは顔を離し、息を荒らげながらしゃがみ込んだ。シュルツは尻に入れた指をぐちゃぐちゃと動かしつつ、リドリーの勃起した性器を口に含んだ。

「んうう……っ、あ……っ、や……っ」

生暖かい口内に引き込まれ、リドリーはシュルツの肩に手をついた。おそらく初めて男の性器を口に入れたであろうシュルツは、たどたどしい動きで口を上下する。尻を弄られながら性器を口淫され、リドリーは耐えきれず絶頂に達した。

「ひ……っ、は……っ、はぁ……っ、はぁ……っ」

シュルツの口の中へ精液を吐き出し、リドリーは忙《せわ》しない呼吸を繰り返し、びくりびくりと身体を震わせた。シュルツは最後の一滴まで搾り取るように、リドリーの性器の先端を吸い上げる。

「ば……馬鹿、飲むな……」

強引にリドリーが腰を抜くと、シュルツの口の端から精液が垂れた。同時に尻に入れられた指も抜かれ、リドリーはぐったりして湯船に尻をついた。

「あなたでなければ……、こんなことはしません……」

口元を拭って、シュルツが濡れた瞳で熱く見つめてくる。リドリーはまだ息が整わなくて、上気した頬でシュルツを見つめ返した。

「後は……自分でやるから、お前はそれを始末してこい」

リドリーはシュルツの絡みつくような視線から逃れ、追い出すようなしぐさで手を振った。シュルツは上衣がびしょ濡れで、おまけに下腹部は反り返ったままだ。シュルツもこの状態はまずいと思ったのだろう。だるそうな動きで立ち上がり、赤い顔を手で隠す。

「……そうします。御前を失礼します」

前屈みになってシュルツが浴室から出て行き、リドリーは大きな息を吐き出した。尻が気持ちいいとは知らなかった。あんなに気持ちいいなら、シュルツの性器を受け入れてもいいかもしれないと思ったほどだ。だがそう思ったとたん、シュルツの大きな性器を思い返して冷静になった。

（いや、駄目だろ。あんなでかいもん入れられたら尻が裂けて死ぬ！）

以前シュルツの性器を慰めたことがあるので、その質量がものすごいのは記憶にある。指一本で大変だった自分があんな凶器を受け入れられるわけがない。武勲を上げたら身体を許すことにしておいて本当によかった。

「はぁ……、あー……変な扉、開けそう」

湯船に沈み、泡を落としながら、リドリーはひとりごちた。

三日目は王都の視察と、王族と名だたる貴族との会談でスケジュールはいっぱいだった。視察ではここぞとばかりにピンクダイヤモンドと特産品を買い込んだ。取引の契約もいくつか取り付け、両国で行き来できる発行書も作成した。

翌朝、帝国へ帰る日は曇り空で、今にも雨が降りそうな天気だった。こんな日に馬車や馬を走らせたくないが、今日帰る予定は取り消せない。

朝食の席には機嫌のいいアーロンとどこかぎこちない表情のスザンヌがいた。国王夫妻や王子や王女もいる。身体の弱い第二王子は、式の途中で退座したのを申し訳なく思ってリドリーに謝罪してきた。気づかなかったが、婚姻式の途中でいなくなっていたらしい。存在感が薄かったので知らなかった。

食事を終えた後、リドリーはスザンヌの部屋へ向かった。スザンヌと挨拶を交わしたら、帝国へ戻る手はずになっている。近衛騎士はすでに用意を終え、国境まで見送る騎士団も城の前で待機している。

「失礼するよ」

スザンヌの部屋のドアをノックし、リドリーは侍女に扉を開かれ中へ足を踏み入れた。初夜を終えたスザンヌはいつもとは少し違い、女性の顔をしていた。アーロンは愛情あふれる男だ。きっと氷のようなスザンヌの心も溶かしてくれるに違いない。

「二人だけにしてくれるか？」

リドリーはスザンヌの侍女に申しつけた。侍女は頭を下げ、静かに去っていく。スザンヌの部屋は調度品も立派だし、落ち着いた雰囲気だ。女性らしい色合いの長椅子の前に立っていたスザンヌは、リドリーに向かって優雅にお辞儀した。

「お別れですわね、お義兄様《にい》」

どこか皮肉めいた挨拶に、リドリーは笑みを浮かべた。すっと近づいて、戸惑うスザンヌを抱きしめた。

「お義兄さま……？」

まさか抱擁されると思わなかったので、スザンヌは身を固くしている。

「——皇帝の命令を聞く必要はない」

リドリーは抱きしめたスザンヌの耳元に、静かに告げた。ハッとしたようにスザンヌが息を呑む。

「お前が皇帝に何を命じられたか知らないが、お前が守るべきは、夫とこの国だ。それ以外は無視しろ。俺もお前がここで良い人生を送れるように手を回す。助けがいるなら、頼れ」

リドリーの言葉にスザンヌは絶句して、何も答えなかった。そっと離れると、その表情には困惑したものが広がっていた。

「……本気で、おっしゃっていますの？」

スザンヌはリドリーを信じていいかどうか分からないといった顔つきだった。スザンヌからすれば、当然だろう。国政会議でアンティブル王国に間諜を、と言い出したのはリドリーだからだ。

「スザンヌ。皇帝はどうせ、お前に王族の暗殺を命じたんだろう？」

苦笑してリドリーは推測を口にした。それは当たりだったようで、スザンヌの血の気が引く。

「そんな真似をしてお前が生きていけると思うか？　お前はそこまで悪人じゃない。嫁ぎ先の王族を殺してもなお王子妃の面をさらせるか？　お前は賢いから、人一人を殺した後に起こるさまざまな出来事を想像できないはずはないだろ」

リドリーがつらつらと述べていくと、スザンヌの顔色がどんどん悪くなる。リドリーには一つ賭けてみたいものがある。それは、アンティブル王国の人間となったスザンヌが、皇帝の加護の術から逃れ、この国のために生きることだ。

皇帝の加護は、帝国民にしか効かない。それならスザンヌは、皇帝の呪縛から逃れられる。

「皇帝の命令を聞く必要はない。お前が頼るべきは夫であり、この国だ。お前が心を開けば、彼らはお前を受け入れるだろう。この国の王族の結束は固い。それに、ここではお前はやりたいことができるはずだ」

リドリーはスザンヌの肩に手を置いた。

「皇帝は俺たちを従える加護の術を使っている」

そっと耳打ちすると、スザンヌが恐れるように身を引いた。スザンヌは身体を震わせ、上目遣いでリドリーを見やる。

「だが、それが通じるのは帝国民だけだ。この国へ嫁いだお前には、いずれその術は解かれるだろう。その時になれば、俺が言っている意味がよく分かる。何度も言うが、皇帝の命令も、お前の母親の命令も聞く必要はない。自分で、自分のしたいことを、考えろ」

最後の言葉はスザンヌの心に強く刻み込むために、じっと目を見て言った。

「話はそれだけだ。では、スザンヌ。しっかりやれよ」

リドリーはそう言いおいて、部屋を出て行くつもりだった。その矢先、スザンヌがリドリーの腕を捉える。

「――お前は、誰?」

薄紫色の瞳が、悪魔に出会ったみたいな目つきで、問うてきた。スザンヌは直感的に目の前にいるのがベルナール皇子ではないと気づいた。急に変貌した義理の兄――それを根本から疑い始めたのだ。

「結婚、おめでとう。可愛《かわい》い義妹よ」

リドリーは不敵な笑みを浮かべて、部屋を出て行こうとした。そのリドリーを「お待ちなさい」とスザンヌが止める。

「……皇帝は私に、頃合いを図って王族の誰かを殺せと命じました」

低い声音が背中に降ってきて、リドリーは驚いて振り返った。スザンヌはこれまでとは違う目の色をしていた。輝きを放つような薄紫色の光を見つけ、リドリーはスザンヌが皇帝の加護の術から抜け出したのを確信した。思った通り、アンティブル王国に嫁いだスザンヌに、皇帝の加護の術が効かなくなったのだ。

「皇帝はお義兄様が言っていた間諜などといった真似はまだるこしいと……。私が王族を殺し、その罪で処刑されればいい戦争の名分になると……」

苦しそうにスザンヌが打ち明け、リドリーは静かな憤りを抱えた。嫁ぐ娘にかける別れの言葉が、よりによって死んで来いなどと――。スザンヌはうつむき加減で震えていた。女帝を目指していたスザンヌにとって、皇帝からかけられた慈悲のない言葉は身をえぐるようにつらかっただろう。

「ありがとう、スザンヌ。俺が戦争になどさせない」

リドリーは力強く言い切った。スザンヌの顔が上がり、潤んだ眼差《まなざ》しと視線が絡み合う。リドリーはそのまま部屋を出た。

部屋の外で待っていた侍女に挨拶して、待機していたシュルツとエドワードを伴って去っていく。

これから先、スザンヌが何を選択するかは分からない。だが、子が生まれ、帝国にはない家族の愛情というものを知ったら、スザンヌは変わっていくはずだ。何よりも、帝国では常に感じていた命をふいに奪われる不安がなくなる。

見送りに来たアーロンにスザンヌのことを頼み、リドリーは帰路の馬車に乗り込んだ。

◆7　新たなる試練

リドリーが帝国へ戻った頃には、季節は秋に移ろっていた。

近衛騎士と共に無事帰った挨拶を皇帝と皇后にして、調印式の契約書を差し出した。リドリーの帰りを、貴族の主だった者と宰相や官僚が出迎えた。初めての国務を終えたからこれほど出迎えが多いのかと思ったが、どうやら次期皇帝はベルナール皇子ではないかという考えが広がったためらしい。多くの者から「皇子、素晴らしいです」と褒め称《たた》えられ、リドリーの地位が確かなものになった。国交回復を完璧にやり遂げたリドリーにすり寄ってくる貴族が増えて、少しわずらわしくなったくらいだ。

アンティブル王国から戻ったリドリーは、早速アンティブル王国の特産品を流行《はや》らせた。市《し》井《せい》には特産品の魚を使った加工品を、社交界にはピンクダイヤモンドと貝から採れる真珠を流行らせた。広告塔は皇族だ。土産と称してリドリーは皇后や側室、皇女にピンクダイヤモンドと真珠を贈った。皇子から渡されたものをつけないわけにはいかず、皇族がいい宣伝をしてくれた。無論皇后には一番価値の高いピンクダイヤモンドを献上した。特にイヤリングがお気に入りのようで、皇后は髪をアップにして揺れる宝石を見せつけてくれた。

アンティブル王国の宝石を持つのが貴族のステイタス、という風潮が起こり、経済的にも交流が始まった。皇都にはアンティブル王国特有の青い生地を使ったドレスを着る貴婦人も増え、一大ブームを巻き起こした。このために商会を引きずり込んだ甲斐があった。

両国の国交が確実なものとなった手ごたえを感じていた頃、リドリーは皇帝に呼び出された。

「お呼びでしょうか、陛下」

リドリーが呼び出されたのは、主だった貴族と官僚が待ち構えていた謁見の間だった。

玉座にいた皇帝の横には皇后と宰相がいて、その横にはアルタイル公爵やヘンドリッジ辺境伯もいる。それにふだんは領地に引っ込んで代理を向かわせている侯爵以上の爵位を持つ貴族もいた。

(何だ、何だ、何も聞いてないぞ)

突然名だたる貴族に囲まれ、リドリーは内心焦りつつ玉座の前に跪《ひざまず》いた。何故か近衛騎士の随行を止められたので、頼りになるシュルツもエドワードもこの場にいない。

「ああ。来たか。ベルナール皇子よ」

玉座にいた皇帝は鷹揚《おうよう》な口ぶりでリドリーに立つよう手を動かした。謁見の間の後ろのほうでシュルツとエドワードが何事かと身構えている。リドリーはゆっくりと立ち上がり、皇帝を見返した。皇帝の威圧感のある瞳に見下ろされ、リドリーはそっと手を胸に当てた。

「はい」

皇后の表情を見ると、どこか不安そうな顔色だ。あまりいいことではないのかと思ったが、宰相の表情は明るい。皇帝が何を言い出すか分からなくて、リドリーは必死に頭を巡らせた。

「――そなたのこれまでの功績を鑑み、立太子させるべきという意見が多く出ている」

重々しい口調で皇帝が言い出し、リドリーは背筋を震わせた。

やっと――ここまで来た。立太子は望んでいたことではないが、立太子することで避けられる危険もある。同時に抱える荷物も多くなるが。

「もったいないお言葉です」

リドリーは微笑みを浮かべて皇后や宰相を見上げた。皇后が涙ぐんで、目元にそっとハンカチを押し当てる。

「だが、以前の怠惰な豚であるお前を私は忘れられなくてなぁ」

ふと下卑た笑みと共に皇帝が吐き出し、リドリーは目を細めた。皇帝の悪《あ》し様《ざま》な言い方に眉を顰《ひそ》める貴族もいたが、中には面白そうな顔でこちらを見てくる者もいた。

「だからお前が本当に皇太子となるべき者か、見極めなければならない。ついては、北西の辺境地の村に魔物が出没したという情報がある。長い間眠りについていたドラゴンが目覚めて、すでに村一つを焼き滅ぼしたそうだ」

皇帝は身を乗り出して、面白そうにリドリーを見やった。

「お前が騎士を率いて見事その魔物を討伐したら、皇太子の座をくれてやろうと思うのだが、どうだ？　嫌なら断ってもいいぞ」

挑むような口調で皇帝がリドリーに突きつけてきた。正直に言えば、そこまでして立太子したくない。何で望まないものを得るためにわざわざ辺境地に行って魔物を退治しなければならないのだろう。第一ドラゴンを倒すのはふつうの騎士では至難の業だ。ソードマスターでも、苦戦する大物なのだ。

（あーこいつの悔しがる顔を見るためだけに無茶をするか）

玉座にふんぞり返っている皇帝が腹が立つほど嫌いだ。平気で娘を斬りつけ、それを悪びれもしない。愛する祖国にとって、危険極まりない存在。皇太子になって、その地位を脅かせるなら、やってみる価値はある。

「知力だけでなく、武力でも力を示せとおっしゃるのですね。分かりました。陛下のご命令とあらば、見事ドラゴンを仕留めてきましょう」

リドリーは堂々とした態度で皇帝を見返した。難色を示すと思ったのか、リドリーの返事に皇帝は気に食わないと言いたげな表情になった。

「ふん……」

皇帝は舌打ちしたが、他の貴族はいっせいに「おお」とリドリーの選択にどよめいた。ざわめきが起こり、「何と素晴らしい」とか「勇敢な方だ」と讃える一方、魔物の恐ろしさを知る貴族からは「恐れを知らぬのか」や、「唯一の後継男子に行かせるべきではない」という意見も出された。

「そこまで豪語するとはなぁ。あのベッドの中から出てこなかった豚が、たいそうな自信ではないか」

ふとよいことを思いついたというように、皇帝が手を打った。

「そんなに自信があるのなら、失敗した時にはお前は牢屋行きだ」

突然の処遇に、その場にいた者たちが、ぎょっとした。皆、皇帝の思い付きに呆気《あっけ》に取られている。中でも皇后は真っ青になり、声も出せない様子だった。

「それくらいリスクがないとなぁ！　ベルナールよ！　失敗しなければいいだけの話なのだから簡単なことだろう？　お前はドラゴン退治ができると言い放った。できなければ偽証罪となるではないか。だから牢屋行きも当然のことだな？」

声高に煽る皇帝に、リドリーはあえて沈黙を落とした。宰相や側近からざわつきが起こり、皇帝に対して疑惑の眼差しが注がれる。自ら竜退治に行けと言った上に、失敗すれば牢屋行きと言い出したのだ。それに気づいたのか、皇帝が舌打ちして、何かを呟き始めた。

加護の術が放たれ、ざわついていた周囲の者たちが黙り込む。皆の目の色がどんよりして、憐《あわ》れむような眼差しが注がれた。皇帝の加護の術を受け、この謁見の間にいた者たちは皆、可哀《かわい》そうにとリドリーを憐れみつつも、大口を叩いたリドリーが牢屋に入れられても仕方ないと皇帝を擁護し始める。

さてどうしようかと思いを巡らせていると、思いがけぬ手が差し伸べられた。

「恐れながら、陛下」

騒ぎの中、一歩足を進めたのはヘンドリッジ辺境伯だった。ヘンドリッジ辺境伯の発言に、貴族たちも水を打ったような静けさになる。

「何だ」

「ベルナール皇子の魔物退治とあらば、我が領地の騎士もぜひとも参加させたく。どうか随行をお許し下さい」

ヘンドリッジ辺境伯の申し出は純粋に有り難かった。辺境伯の領地からそれほど遠くないのもあるし、何より辺境伯の筋骨隆々の騎士に助けてもらえたら最高だ。皇帝の加護の術が放たれたにも拘わらず、ヘンドリッジ辺境伯はいつも通りに見える。いや、むしろヘンドリッジ辺境伯の申し出の後、謁見の間の空気が変わった。よどんだ目をした者が目を覚ましたように、リドリーを応援するような眼差しを向けてきたのだ。

「我が騎士団も、皇子のために命を張る所存です」

続けてアルタイル公爵が申し出る。アルタイル公爵も、よどんだ目はしていない。

「ベルナール皇子にはひとかたならぬ恩がございます。私は金銭的な援助をしましょう」

貴族の中からリッチモンド伯爵が進み出て、一礼して発言した。これまでに関わった者から援助の声が上がり、リドリーは少なからず感動した。国へ戻るために頑張った行いが、今では自分を助ける行いになった。リドリーは胸を熱くしていたが、皇帝は不満そうに顔を歪《ゆが》めていた。いつの間にか皇子が力を得ていると気づき、それが気に食わないのだ。この男は自分だけが世界を牛耳ればいいと思っている。たとえ息子であろうと、自分以外の者が讃えられるのが鼻につく。

「よいだろう。すでに被害は広がっている。出発の準備ができ次第、向かうように」

皇帝は立ち上がり、手を翳《かざ》してきた。

「拝命仕ります」

リドリーは優雅に礼をして、もう一度皇帝を見上げた。うろたえて、行くのをごねるのを期待しただろうが、そうはいかない。

(ドラゴンの首でも持って帰ってやるよ!)

挑むように皇帝に微笑み、リドリーは踵《きびす》を返した。

魔物退治に行くことになり、リドリーの周囲は大騒ぎになった。シュルツは中でもひどく興奮していて、リドリーに「武勲を上げる機会が来ましたね」と囁いてきた。さすがのリドリーも、シュルツがドラゴンを仕留めたら身体を許すしかない。エドワードや他の近衛騎士は「我らもお供します」と申し出てくれた。とはいえ皇子付きの近衛騎士全員を連れていくつもりはない。

今回連れていくのは近衛騎士ではなく、騎士団の騎士になる。近衛騎士に魔物退治は重荷過ぎるし、こういった荒事はもともと騎士団の仕事だ。

「アルタイル公爵、ヘンドリッジ辺境伯、力を借りるぞ」

リドリーは早速二人を呼び出し、どの人員をどれくらい連れていくかを話し合った。現在進行形で行われていることなので、あまり悠長に話し合っている暇はない。リッチモンド伯爵から資金援助があったので、それを元にかかる資金も計算しなくてはならなかった。北西の辺境地へ行くまでの食糧の手配、武器、馬、武具の調達とやるべきことが山のようにある。

その中で思いがけない助けをしてくれたのは、魔塔だった。

「ベルナール皇子！　魔物退治に行かれるとか？　俺も同行させて下さい！」

嬉々《きき》として皇宮に現れたのは、レオナルドだった。こっちは避けていたのに、ここぞとばかりにやってきた。正直に言えば、強い魔力を持つレオナルドは頭を下げてでも来てほしい人員だ。

「魔物退治となれば、治癒魔法を使える者が必要でしょう。魔塔から二、三人用意しますよ」

レオナルドに楽しそうにすり寄られ、リドリーは疑惑の眼差しを向けた。

「それは大変有り難いが……代わりに何を？　ただでやってくれるのか？」

うさんくさい目で見たせいか、レオナルドがおかしそうにリドリーの肩を抱いてきた。馴れ馴れしい態度にシュルツとエドワードが呆気にとられる。

「あなたが魔法を使うところを間近で見られるなら、それでいい。魔物を退治すれば魔石が手に入るし」

無理難題を突きつけてくるかと思ったので、レオナルドの参加は快く受け入れることにした。魔塔の参加は辺境伯とアルタイル公爵も驚いていて、皇族に呼ばれてもめったに出てこないレオナルド自ら参加を決めたことに感嘆していた。

出発する日や人員が正式に決まっていった。これ以上ない面子《メンツ》を揃えられたといっても過言ではない。何よりリドリーの横にはソードマスターであるシュルツがいる。竜退治など恐れる必要はない。

出発が数日後と迫った夜、リドリーの寝室に不審者が忍び込んできた。

「主ぃ……はぁはぁ、お会いしたかった……、足を舐めさせてぇ」

窓から侵入してきたのは、以前殺されそうになった暗殺ギルドの『鷹《たか》』だ。目元以外を真っ黒い衣装で固めた謎の男だ。不審者にいち早く気づいたシュルツが部屋に入ってこなければ、寝ているところを襲われたかもしれない。

「お前、いつも勝手に入るんじゃない」

寝間着姿のリドリーは、床を這《は》うようにして近づいてくる『鷹』にうんざりして言った。シュルツは剣を抜いて、リドリーをかばうようにする。

「はぁはぁ……主ぃ。約束の情報……持ってきた」

興奮した目つきで『鷹』が言い、リドリーは前に立っていたシュルツを押しのけた。

「皇帝の加護についてか？　もっと早く来いよな。大体分かってるぞ」

情報が遅いと文句を言いながら、リドリーは『鷹』の前にしゃがみ込んだ。『鷹』はショックを受けた様子で、床に四つん這いになる。

「そ、そんなぁ……主ぃ。罰として俺の尻を叩いて……」

はぁはぁしながら乞われ、リドリーはその尻を蹴っ飛ばした。『鷹』は嬉《うれ》しそうに床をごろごろしている。さすがのシュルツも絶句して、斬る価値はなしと剣をしまった。

「一応報告しろ」

リドリーがベッドに腰を下ろして顎をしゃくると、『鷹』がぴょんと飛び起き、正座して報告し始めた。

「皇帝の加護はぁ……自分より下の身分の者が逆らえなくなるぅ……。その範囲は、帝国中」

「帝国中⁉」

思ったよりも広範囲で、リドリーはぎょっとした。最悪の予想が当たった。そんな絶対的な加護があっていいのか？　にわかには信じがたい。

「ヒヒ……。ただし半月しか保《も》たない……。おまけに自分に忠誠を誓う人の多さで効果が変わるぅ……だから、実際は皇都までぐらいかもぉ……」

『鷹』の情報はリドリーに戦慄《せんりつ》をもたらした。忠誠次第で変化するとは、想像よりも強力な加護だ。だがこれで、あの血に飢えた獣がかろうじて有能な人材を残している理由が判明した。本来の皇帝の資質からすれば、好き放題に目に入る人を殺してもおかしくない。だが、術の効果を維持するために、ある程度のまともな政治、それに管理能力が必要だと自覚しているのだろう。

今の皇帝は、恐怖と忠誠心で国を支配している。『鷹』の言う通り、範囲は帝国中とは思えない。今考えてみると辺境伯が皇帝に全面的な忠誠心を持っているわけではないと感じたのも、皇都から遠く離れた場所だったせいかもしれない。

(しかし……これは内乱を起こすのが非常に困難だ)

リドリーは絶望的な思いに駆られた。

もし皇帝を倒したいと思うなら、他国に滅ぼしてもらうか、どこかに監禁して舌を引っこ抜いて何もできないよう拘束するしかないだろう。自国の民に向けては、神に匹敵する力だ。リドリーが起《た》ち上がろうと、皇帝の加護の前に敗れるのは明白だ。

(兄を殺してまでも皇帝になった理由が分かった……。兄にだけはこの力が効かないし、皇帝の弟という身分では、忠誠心を得るのに限りがある。皇帝に君臨すれば、その時点から国内で

は無敵になるのだから）

シュルツやエドワードを問い詰めた際、洗脳が解けたのは、リドリーが思うよりも効果は薄いからかもしれない。何しろ皇帝を恐れる人は多くても慕う人は少ない。

だが、皇帝の加護は今のリドリーには太刀打ちできないものだった。あの皇帝を一人で倒すのは不可能に近いだろう。加護の力がある限り、リドリーに味方して皇帝を倒してくれる者はいない。シュルツでさえ、皇帝に剣を向けるのは無理だ。

この先自分は、どう生きればいいのだろう。

自分の身体に戻れる術《すべ》がないまま、ずっと皇帝の皇子として生きていくしかないのか。皇帝という暴君の下で。皇帝は自分が唯一の直系男子だからいきなり斬りつける真似はしないが、目障りだと思っているのは確かだ。あの男は自分以上に力のある者を認めない。自分が利用できる手駒《てごま》しかいらないからだ。

（だが、それでいいのか？）

リドリーはかつてない腹の底から湧き上がる思いに目を見開いた。

（俺が諦めたら、誰もあの皇帝を倒せない。もっともあの男に近く、毒の刃をつきつけられるのは、この俺なんじゃないのか？　アンティブル王国のために、そしてサーレント帝国のために、あの危険な男を野放しにしていいのか？）

謁見の間で、皇帝の加護の術が思ったよりも効かなかったのは、皇帝への忠誠心が薄れているからではないだろうか。だとすれば、リドリーにも勝機はある。

（祖国のために、どう動くべきか）

思ったよりも強大な敵を前にして、リドリーはどう生きていくべきかの判断を問われていた。

あとがき

こんにちは&はじめまして夜光花《やこうはな》です。

無能皇子の二冊目です。一冊目に続き、表紙にベルナール皇子がちらりといて嬉しいです。そしてタイトルに2がついているという。分かりやすくていいですね。

なんとかがんばって自分のいた国へ戻った主人公ですが、あのような結果になりました。一冊目を出した後、リドリーの素顔が気になるという手紙をいくつかもらい、何かごめんという気持ちになりました。気になった方はベルナール皇子のぐうたらぶりを甘く見ています。どこにいようとどんな人に入れ替わろうと、ベルナール皇子はこのような姿になるのだと思います。そんなベルナール皇子がお気に入りです。

着々と地位を固めていくリドリーですが、このシリーズは主人公に感情移入してもストレスがないのがいいですね。何かどんな困難も自分のいいように書き換えていきそうです。あとリドリーは一度やると決めたら絶対に意地でもやり遂げる人間なので、すぐ放り投げる自分は見習いたいと思いました。いつの間にか味方も増えてきたし、この先が楽しみです。

なかなかラブい雰囲気にならないのが困りものですが、次巻ではきっと結ばれると信じたいです。

今回もイラストはサマミヤアカザ先生に描いてもらえました。表紙が本当に素敵で、美しいです。シュルツはもちろんエドワードが！　もっとエドワードを出してイラストにしてもらおうと思いました。美麗なイラストで楽しませていただきありがとうございます。

担当様、いろいろご指導ありがとうございます。次回もよろしくお願いします。

読んでくれる皆様、最後までお付き合いいただけると嬉しいです。感想などありましたら、ぜひ教えて下さい。

ではでは。次の本で出会えるのを願って。

夜光花

この本を読んでのご意見、ご感想を編集部までお寄せください。

《あて先》〒141-8202　東京都品川区上大崎3-1-1　徳間書店　キャラ編集部気付
「無能な皇子と呼ばれてますが
中身は敵国の宰相です②」係

【読者アンケートフォーム】

QRコードより作品の感想・アンケートをお送り頂けます。

Chara公式サイト http://www.chara-info.net/

■初出一覧

無能な皇子と呼ばれてますが中身は敵国の宰相です②
……書き下ろし

無能な皇子と呼ばれてますが中身は敵国の宰相です②

……【キャラ文庫】

2023年6月30日　初刷

著　者　夜光 花
発行者　松下俊也
発行所　株式会社徳間書店
〒141-8202　東京都品川区上大崎3-1-1
電話 049-293-5521（販売部）
03-5403-4348（編集部）
振替 00140-0-44392

印刷・製本　図書印刷株式会社
カバー・口絵　近代美術株式会社
デザイン　間中幸子（クウ）

ISBN978-4-19-901103-0

夜光 花の本

好評発売中

［無能な皇子と呼ばれてますが中身は敵国の宰相です］

イラスト✦サマミヤアカザ

怠惰で我儘、甘い物好きで白くぶよぶよ膨れた「豚皇子」──。突然の落雷で、馬鹿にしていた男と身体が入れ替わってしまった!?　若き有能な宰相リドリーは敵国の皇宮で呆然!!　元に戻る手段もなく、国交断絶中の祖国には帰れない──。まずは命を護るため、腕の立つ騎士団長シュルツを護衛に任命するけれど!?　無能皇子が一夜にして聡明な戦略家に変貌する、入れ替わりファンタジー開幕!!

夜光 花の本

好評発売中

「式神の名は、鬼」

イラスト✦笠井あゆみ

満月の夜ごと百鬼夜行が訪れ、妖怪に襲われる――その標的は八百比丘尼《やおびくに》の血を引く肉体!? 代々続く陰陽師で、妖怪に付き纏われる人生に倦んでいた櫂《かい》。無限の連鎖を断ち切るには、身を守る式神が必要だ――。そこで目を付けたのは、数百年間封印されていた最強の人喰い鬼・羅刹《らせつ》!!「今すぐお前を犯して喰ってしまいたい」解放した代わりに妖怪除けにするはずが、簡単には使役できなくて…!?

夜光 花の本

好評発売中

「式神見習いの小鬼」

イラスト✦笠井あゆみ

見た目は凛々しい青年だけど、頭の中身は小学生男子!? 人間と鬼の間に生まれた半妖の草太《そうた》は、人間社会に溶け込むため、当代一の陰陽師・安倍那都巳《あべなつみ》の住み込み弟子をすることに!! 妖魔退治を手伝ったり、お供としてTV収録に同行したり…。好奇心旺盛だけど未成熟な草太に想定外な欲情を煽られて、那都巳はついに性の手ほどきまでしてしまい!? 純真無垢な小鬼と腹黒陰陽師の恋模様!!

投稿小説 大募集

『楽しい』『感動的な』『心に残る』『新しい』小説――
みなさんが本当に読みたいと思っているのは、
どんな物語ですか？
みずみずしい感覚の小説をお待ちしています！

応募のきまり

応募資格

商業誌に未発表のオリジナル作品であれば、制限はありません。他社でデビューしている方でもOKです。

枚数／書式

20字×20行で50～300枚程度。手書きは不可です。原稿は全て縦書きにしてください。また、800字前後の粗筋紹介をつけてください。

注意

❶原稿はクリップなどで右上を綴じ、各ページに通し番号を入れてください。また、次の事柄を1枚目に明記して下さい。
（作品タイトル、総枚数、投稿日、ペンネーム、本名、住所、電話番号、職業・学校名、年齢、投稿・受賞歴）

❷原稿は返却しませんので、必要な方はコピーをとってください。

❸締め切りは特別に定めません。採用の方にのみ、原稿到着から3ヶ月以内に編集部から連絡させていただきます。また、有望な方には編集部からの講評をお送りします。（返信用切手は不要です）

❹選考についての電話でのお問い合わせは受け付けできませんので、ご遠慮ください。

❺ご記入いただいた個人情報は、当企画の目的以外での利用はいたしません。

あて先

〒141-8202　東京都品川区上大崎3-1-1
徳間書店　Chara編集部　投稿小説係

キャラ文庫既刊

英田サキ

「DEADLOCK」シリーズ全3巻　ill：高階 佑
「SIMPLEX DEADLOCK外伝」　ill：高階 佑
「STAY DEADLOCK番外編1」
「AWAY DEADLOCK番外編2」
「AGAIN DEADLOCK番外編3」　ill：高階 佑
「OUTLIVE DEADLOCK season 2」
「PROMISING DEADLOCK season 2」
「BUDDY DEADLOCK season 2」　ill：高階 佑
「HARD TIME DEADLOCK外伝」　ill：高階 佑
「恋ひめやも」　ill：小山田あみ
「ダブル・バインド」全4巻
「アウトフェイス ダブル・バインド外伝」　ill：葛西リカコ
「すべてはこの夜に」　ill：笠井あゆみ

秋山みち花

「略奪王と雇われの騎士」　ill：雪路凹子
「虎の王と百人の妃候補」　ill：夏河シオリ

稲月しん

「うさぎ王子の耳に関する懸案事項」　ill：小椋ムク
「手加減を知らない竜の寵愛」　ill：柳瀬せの

犬飼のの

「暴君竜を飼いならせ」シリーズ1～9巻
「最愛竜を飼いならせ 暴君竜を飼いならせ10」
「暴君竜の純情 暴君竜を飼いならせ番外編1」
「暴君竜の純愛 暴君竜を飼いならせ番外編2」　ill：笠井あゆみ
「仮面の男と囚われの候補生」　ill：みずかねりょう

海野 幸

「ｉｆの世界で恋がはじまる」　ill：高久尚子
「匿名希望で立候補させて」　ill：高城リョウ

「あなたは三つ数えたら恋に落ちます」　ill：湖水きよ
「魔王様の清らかなおつき合い」　ill：小椋ムク
「リーマン二人で異世界探索」　ill：石田惠美
「今度は死んでも死なせません！」　ill：十月

尾上与一

「初恋をやりなおすにあたって」　ill：木下けい子
「花降る王子の婚礼」
「雪降る王妃と春のめざめ 花降る王子の婚礼2」　ill：yoco
「氷雪の王子と神の心臓」
「セカンドクライ」　ill：草間さかえ

華藤えれな

「人魚姫の真珠 ～海に誓う婚礼～」　ill：北沢きょう
「白虎王の蜜月婚」　ill：高緒 拾
「オメガの初恋は甘い林檎の香り ～煌めく夜に生まれた子へ～」　ill：夏河シオリ

かわい恋

「王と獣騎士の聖約」　ill：小椋ムク
「異世界で保護竜カフェはじめました」　ill：夏河シオリ

川琴ゆい華

「ぎんぎつねのお嫁入り」　ill：三池ろむこ
「親友だけどキスしてみようか」　ill：古澤エノ
「へたくそ王子と深海魚」　ill：緒花
「ソロ活男子の日常からお伝えします」　ill：夏河シオリ

神奈木智

「その指だけが知っている」シリーズ全5巻　ill：小田切ほたる
「ダイヤモンドの条件」シリーズ全3巻　ill：須賀邦彦
「守護者がめざめる逢魔が時」シリーズ1～5

「守護者がおちる呪縛の愛 守護者がめざめる逢魔が時6」　ill：みずかねりょう

北ミチノ

「好奇心は蝶を殺す」　ill：円陣闇丸
「星のない世界でも」　ill：高久尚子

久我有加

「寮生諸君！」　ill：麻々原絵里依
「獲物を狩るは赤い瞳」　ill：金ひかる
「満月に降臨する美男」　ill：柳ゆと
「新入生諸君！」　ill：高城リョウ

櫛野ゆい

「臆病ウサギと居候先の王子様」　ill：石田 要
「興国の花、比翼の鳥」　ill：夏河シオリ
「しのぶれど色に出でにけり輪廻の恋」　ill：北沢きょう
「王弟殿下とナイルの異邦人」　ill：榊 空也
「冥府の王の神隠し」　ill：円陣闇丸

楠田雅紀

「恋人は、一人のはずですが。」　ill：麻々原絵里依
「あの日、あの場所、あの時間へ！」　ill：サマミヤアカザ
「海辺のリゾートで殺人を」　ill：夏河シオリ
「Brave －炎と闘う者たち－」　ill：小山田あみ
「恋するヒマもない警察学校24時!!」　ill：麻々原絵里依

栗城 偲

「玉の輿ご用意しました」
「玉の輿謹んで返上します 玉の輿ご用意しました2」
「玉の輿新調しました 玉の輿ご用意しました3」
「玉の輿に乗ったその後の話 玉の輿ご用意しました番外編」　ill：高緒 拾
「幼なじみマネジメント」　ill：暮田マキネ

キャラ文庫既刊

[はぐれ銀狼と修道士] ill：夏河シオリ

月東 湊
[親愛なる僕の妖精王へ捧ぐ] ill：みずかねりょう
[旅の道づれは名もなき竜] ill：テクノサマタ
[呪われた黒獅子王の小さな花嫁] ill：円陣闇丸

ごとうしのぶ
[熱情] ill：高久尚子

小中大豆
[妖しい薬屋と見習い狸] ill：高星麻子
[ないものねだりの王子と騎士] ill：北沢きょう
[十六夜月と輪廻の恋] ill：夏河シオリ
[鏡よ鏡、毒リンゴを食べたのは誰？]
[鏡よ鏡、お城に隠れているのは誰？] 鏡よ鏡、毒リンゴを食べたのは誰？2 ill：みずかねりょう
[気難しい王子に捧げる寓話] ill：笠井あゆみ
[行き倒れの黒狼拾いました] ill：麻々原絵里依

沙野風結子
[一滴、もしくはたくさん] ill：湖水きよ
[人喰い鬼は色に狂う] ill：葛西リカコ
[夢を生む男] ill：北沢きょう
[疵物の戀] ill：みずかねりょう
[なれの果ての、その先に] ill：小山田あみ

秀 香穂里
[くちびるに銀の弾丸] シリーズ全2巻 ill：祭河ななを
[他人同士] 全3巻 ill：新藤まゆり
[大人同士] 全3巻 ill：新藤まゆり
[他人同士 －Encore!－] ill：新藤まゆり
[恋に無縁なんてありえない] ill：金ひかる
[高嶺の花を手折るまで] ill：高城リョウ
[ドンペリとトラディショナル] ill：みずかねりょう
[脱がせるまでのドレスコード] ill：八千代ハル
[オタク王子とアキバで恋を] ill：北沢きょう
[官能の2時間をあなたへ] ill：Ciel

愁堂れな
[法医学者と刑事の相性] シリーズ全2巻 ill：高階 佑
[美しき標的] ill：小山田あみ
[ハイブリッド ～愛と正義と極道と～] ill：水名瀬雅良

神香うらら
[恋の吊り橋効果、試しませんか？]
[恋の吊り橋効果、深めませんか？] 恋の吊り橋効果、試しませんか？2
[恋の吊り橋効果、誓いませんか？] 恋の吊り橋効果、試しませんか？3 ill：北沢きょう
[伴侶を迎えに来日しました！] ill：高城リョウ
[葡萄畑で蜜月を] ill：みずかねりょう
[事件現場はロマンスに満ちている] ill：柳ゆと

菅野 彰
[毎日晴天！] シリーズ1～17
[花屋に三人目の店員がきた夏] 毎日晴天！18
[竜頭町三丁目帯刀家の徒然日記] 毎日晴天！番外編
[竜頭町三丁目帯刀家の暮らしの手帖] 毎日晴天！番外編2
[竜頭町三丁目まだ四年目の夏祭り] 毎日晴天！外伝 ill：二宮悦巳
[愛する] ill：高久尚子
[いたいけな彼氏] ill：湖水きよ
[成仏する気はないですか？] ill：田丸マミタ

杉原理生
[錬金術師と不肖の弟子] ill：yoco
[愛になるまで] ill：小椋ムク

すとう茉莉沙
[触れて感じて、堕ちればいい] ill：みずかねりょう
[営業時間外の冷たい彼] ill：小椋ムク
[本気にさせた責任取ってよ] ill：サマミヤアカザ

砂原糖子
[猫屋敷先生と縁側の編集者] ill：笠井あゆみ
[小説家先生の犬と春] ill：笠井あゆみ
[アンダーエール！] ill：小椋ムク
[バーテンダーはマティーニがお嫌い？] ill：ミドリノエバ

高尾理一
[鬼の王と契れ] シリーズ全3巻 ill：石田 要

高遠琉加
[神様も知らない] シリーズ全3巻 ill：高階 佑
[天使と悪魔の一週間] ill：麻々原絵里依
[さよならのない国で] ill：葛西リカコ
[刑事と灰色の鴉]
[白と黒の輪舞] 刑事と灰色の鴉2 ill：サマミヤアカザ

月村 奎
[そして恋がはじまる] 全2巻 ill：夢花 李
[アプローチ] ill：夏乃あゆみ

キャラ文庫既刊

[きみに言えない秘密がある] ill:サマミヤアカザ

遠野春日

[砂楼の花嫁]
[花嫁と誓いの薔薇 砂楼の花嫁2]
[仮装祝祭日の花嫁 砂楼の花嫁3]
[愛と絆と革命の花嫁 砂楼の花嫁4] ill:円陣闇丸
[疵と蜜] ill:笠井あゆみ
[恋々 疵と蜜2] ill:笠井あゆみ
[愛しき年上のオメガ] ill:みずかねりょう
[やんごとなきオメガの婚姻] ill:サマミヤアカザ
[夜間飛行]
[存在証明 夜間飛行2] ill:笠井あゆみ
[百五十年ロマンス] ill:ミドリノエバ
[ひと夏のリプレイス] ill:笠井あゆみ

中原一也

[花吸い鳥は高音で囀る] ill:笠井あゆみ
[俺が好きなら咬んでみろ] ill:小野浜こわし
[街の赤ずきんと迷える狼] ill:みずかねりょう
[拝啓、百年先の世界のあなたへ] ill:笠井あゆみ
[幾千の夜を超えて君と] ill:麻々原絵里依
[僕たちは昨日まで死んでいた] ill:笠井あゆみ

凪良ゆう

[恋愛前夜]
[求愛前夜 恋愛前夜2] ill:穂波ゆきね
[天涯行き] ill:高久尚子
[おやすみなさい、また明日] ill:小山田あみ
[美しい彼]
[憎らしい彼 美しい彼2]
[悩ましい彼 美しい彼3]
[interlude 美しい彼番外編集] ill:葛西リカコ
[ここで待ってる] ill:草間さかえ
[初恋の嵐] ill:木下けい子
[セキュリティ・ブランケット 上・下] ill:ミドリノエバ
[きみが好きだった] ill:宝井理人

夏乃穂足

[飼い犬に手を咬まれるな] ill:笠井あゆみ
[真夜中の寮に君臨せし者] ill:円陣闇丸

成瀬かの

[兄さんの友達] ill:三池ろむこ
[隣の狗人の秘密] ill:サマミヤアカザ
[神獣さまの側仕え] ill:金ひかる
[ご褒美に首輪をください] ill:みずかねりょう

西野 花

[溺愛調教] ill:笠井あゆみ
[陰獣たちの贄] ill:北沢きょう
[獣神の夜伽] ill:穂波ゆきね
[淫妃セラムと千人の男] ill:北沢きょう
[催淫姫] ill:古澤エノ
[金獅子王と孕む月] ill:北沢きょう
[月印の御子への供物] ill:笠井あゆみ

鳩村衣杏

[学生服の彼氏] ill:金ひかる
[きれいなお兄さんに誘惑されてます] ill:砂河深紅

樋口美沙緒

[八月七日を探して] ill:高久尚子
[他人じゃないけれど] ill:穂波ゆきね
[狗神の花嫁] シリーズ全2巻 ill:高星麻子
[予言者は眠らない] ill:夏乃あゆみ
[パブリックスクール―檻の中の王―]
[パブリックスクール―群れを出た小鳥―]
[パブリックスクール―八年後の王と小鳥―]
[パブリックスクール―ツバメと殉教者―]
[パブリックスクール―ロンドンの蜜月―]
[パブリックスクール―ツバメと監督生たち―] ill:yoco
[ヴァンパイアは我慢できない dessert] ill:夏乃あゆみ
[王を統べる運命の子] シリーズ全4巻 ill:麻々原絵里依

火崎 勇

[ヒトデナシは惑愛する] ill:小椋ムク
[エリート上司はお子さま!?] ill:金ひかる
[メールの向こうの恋] ill:麻々原絵里依
[契約は悪魔の純愛] ill:高城リョウ
[かわいい部下は渡しません] ill:兼守美行
[愛を誓って転生しました] ill:ミドリノエバ

菱沢九月

[小説家は懺悔する] シリーズ全3巻 ill:高久尚子
[年下の彼氏] ill:穂波ゆきね
[飼い主はなつかない] ill:高星麻子
[同い年の弟] ill:穂波ゆきね

松岡なつき

[WILD WIND] ill:雪舟 薫
[FLESH&BLOOD①～㉔] ill:①～⑪雪舟 薫／⑫～彩
[FLESH&BLOOD外伝 ―女王陛下の海賊たち―]

キャラ文庫既刊

［FLESH&BLOOD外伝2 ―祝福されたる花―］ ill：彩
［H・K《ホンコン》ドラグネット］全4巻 ill：乃一ミクロ
［流沙の記憶］ ill：彩

水原とほる

［正体不明の紳士と歌姫］ ill：yoco
［彼は優しい雨］ ill：小山田あみ
［月がきれいと言えなくて］ ill：ひなこ
［見初められたはいいけれど］ ill：ミドリノエバ
［小説の登場人物と恋は成立するか？］ ill：サマミヤアカザ

水無月さらら

［いたいけな弟子と魔導師さま］ ill：yoco
［二度目の人生はハードモードから］ ill：木下けい子
［僭越ながらベビーシッターはじめます］ ill：夏河シオリ
［新米錬金術師の致命的な失敗］ ill：北沢きょう

水壬楓子

［桜姫］シリーズ全3巻 ill：長門サイチ
［森羅万象］シリーズ全3巻 ill：新藤まゆり
［王室護衛官を拝命しました］ ill：サマミヤアカザ
［王室護衛官に欠かせない接待］ ill：みずかねりょう
［たとえ業火に灼かれても］ ill：十月

宮緒 葵

［祝福された吸血鬼］ ill：Ciel
［悪食］
［羽化 悪食2］
［曙光 悪食3］ ill：みずかねりょう
［百年待てたら結婚します］ ill：サマミヤアカザ
［騎士と聖者の邪恋］ ill：yoco

夜光 花

［不浄の回廊］
［二人暮らしのユウウツ 不浄の回廊2］
［欠けた記憶と宿命の輪 不浄の回廊3］
［君と過ごす春夏秋冬 不浄の回廊番外編集］ ill：小山田あみ
［ミステリー作家串田寥生の考察］
［ミステリー作家串田寥生の見解］ ill：高階 佑
［バグ］全3巻 ill：湖水きよ
［式神の名は、鬼］全3巻 ill：笠井あゆみ
［式神見習いの小鬼］ ill：笠井あゆみ
［無能な皇子と呼ばれてますが中身は敵国の宰相です①～②］ ill：サマミヤアカザ

吉原理恵子

［二重螺旋］シリーズ1～14巻
［蝶ノ羽音 二重螺旋15］ ill：円陣闇丸
［灼視線 二重螺旋外伝］ ill：円陣闇丸
［万華鏡 二重螺旋番外編］ ill：円陣闇丸
［間の楔］全6巻 ill：長門サイチ
［影の館］ ill：笠井あゆみ
［暗闇の封印―邂逅の章―］
［暗闇の封印―黎明の章―］ ill：笠井あゆみ
［銀の鎮魂歌《レクイエム》］ ill：yoco
［渇愛㊤］ ill：笠井あゆみ

六青みつみ

［輪廻の花～300年の片恋～］ ill：みずかねりょう
［鳴けない小鳥と贖いの王～彷徨編～］
［鳴けない小鳥と贖いの王～再逢編～］
［鳴けない小鳥と贖いの王～昇華編～］ ill：稲荷家房之介

渡海奈穂

［狼は闇夜に潜む］ ill：マミタ
［御曹司は獣の王子に溺れる］ ill：夏河シオリ
［憑き物ごと愛してよ］ ill：ミドリノエバ
［山神さまのお世話係］ ill：小椋ムク
［死神と心中屋］ ill：兼守美行

〈四六判ソフトカバー〉

ごとうしのぶ

［ぼくたちは、本に巣喰う悪魔と恋をする］
［喋らぬ本と、喋りすぎる絵画の麗人］
［ぼくたちは、優しい魔物に抱かれて眠る］
［ぼくたちの愛する悪魔と不滅の庭］ ill：笠井あゆみ

松岡なつき

［王と夜啼鳥《ナイチンゲール》 FLESH&BLOOD外伝］ ill：彩

アンソロジー

［キャラ文庫アンソロジーⅠ 琥珀］
［キャラ文庫アンソロジーⅡ 翡翠］
［キャラ文庫アンソロジーⅢ 瑠璃］
［キャラ文庫アンソロジーⅣ 瑪瑙］ ill：円陣闇丸

〈2023年6月27日現在〉

キャラ文庫最新刊

冥府の王の神隠し

櫛野ゆい
イラスト✦円陣闇丸

遺跡の発掘現場で落盤事故に遭い、目覚めた先は冥府の世界!? 怪我が治るまで、考古学者の伊月《いつき》は冥府の王の庇護を受けることに!?

鏡よ鏡、お城に隠れているのは誰？ 鏡よ鏡、毒リンゴを食べたのは誰？2

小中大豆
イラスト✦みずかねりょう

恋人の紹惟《しょうい》と新居への引っ越しも控え、幸せな日々を送る永利《えいり》。そんな折、傷害事件で干されていた個性派俳優との共演が決まり…!?

無能な皇子と呼ばれてますが中身は敵国の宰相です②

夜光 花
イラスト✦サマミヤアカザ

敵国の皇子の身体と入れ替わってしまった、宰相のリドリー。事情を知る騎士団長のシュルツと画策し、祖国に戻るチャンスを得て!?

渇愛㊤

吉原理恵子
イラスト✦笠井あゆみ

親の再婚でできた2歳年下の弟に、なぜか嫌われている和也《かずや》。両親が事故で亡くなり、残された玲二《れいじ》と、二人きりでの生活が始まり!?

7月新刊のお知らせ

海野 幸　イラスト✦コウキ。　[闇に香る赤い花(仮)]
華藤えれな　イラスト✦夏乃あゆみ　[悪役王子が愛を知るまで(仮)]
吉原理恵子　イラスト✦笠井あゆみ　[渇愛㊦]

7/27(木)発売予定